レジェンドノベルス
LEGEND NOVELS

幼女とスコップと魔眼王 1

contents

レジェンドノベルス
LEGEND NOVELS

幼女とスコップと魔眼王 1

プロローグ

『人の成長の歴史とはすなわち敗北の歴史である』

　これは俺が中学生のときに読んだ本に出てきた言葉だ。

　世間にはあまり評価されない作者を、ひとり評価することで悦に入っていただけの俺が、はたしてその本の中身を正しく理解できていたのかは甚だ疑問ではあるが、それでも自分なりにその作者の言葉が気に入っていた。

　いつの間にか、児童買春だかなんだか、恥ずかしすぎる罪で逮捕された挙句に、自殺してしまった作者の本を読むこともなくなっていたが、それでもこんなことがあると、ふと彼の言葉を思い出すことがある。

「おーい。聞いてんのかよテメェはー、あー？」

　例えば二、三年前の俺ならどうしていただろう。少なくとも、下校途中のバスの中で、頭の悪そうな金髪野郎に唐突に席を譲れと言われて「はい、どうぞ」などと答える俺ではなかったはずだ。

「……はは、どうぞどうぞ」

　ところが今ではご覧の有り様だ。

　これが小学生のころならキャンキャン喚《わめ》き散らしていただろう。中学生のころなら血みどろの喧《けん》嘩《か》になったかもしれない。しかし、高校も二年目の歳《とし》にもなると、そんなことをすればどうなるのかくらいは分かる。

仮にこの場で喧嘩を買ってやったとしても、負ければボコボコにされて痛い目に遭い、たとえ勝つことができたとしても、警察のお世話になって社会的にボコボコにされて、やはり痛い目に遭うのだ。

そろそろ将来のことも考え始めないといけない時期に、そんなことは御免こうむりたい。

だからこそ俺は頭を下げて譲るのだ。

へらへらと笑って媚《こ》びるのだ。

これが成長の成果なのだとしたら、人間っていったいなんなんだろうな。


席を立つと、揺れるバスの中で立っているのが俺だけになった。

他の全員が座っている中で、自分だけが突っ立っていると、まるで晒《さら》し者《もの》にでもなったような気分だ。いや、ような、ではなく事実として晒し者か。

そこかしこから視線を感じる。これが同情的な視線なのか、あるいは嘲笑の視線なのかは分からないが、どちらにしたところで居心地の良《い》いものではない。動く密室の中なので逃げ出すこともできないのがつらいところだ。

なぜ何も悪いことをしていないのに、こんな目に遭わなければいけないのか。

憤りをぶつける先もないので、元凶である金髪野郎のほうにチラリと目を向けると、もう俺のことなんて気にもならないのか、怠《だる》そうにスマホをいじっていた。

やばい。殴りたい。

しかし、そんな衝動をぐっと呑《の》み込《こ》んで視線を逸《そ》らす。

見ていたら余計に腹が立つし、目が合ってまた絡まれでもしたら面倒だ。前を向いて景色でも眺めていればすぐに停留所に着く。そこでバスから降りれば終わり。それで良いはずだ。

自分自身に言い聞かせていると突然——ガタンッとバスが何かに乗り上げたように揺れた。

めずらしい。

このバスは決まったルートしか走らない路線バスだ。俺はこのバスを毎日の登下校に使っているので、飽きるほど同じ道を通ってきた。それなのに今のような揺れを感じたのは初めてだ。

いったい何が？　と進行方向に目を向けると——

バスのフロントガラスが白く染まった。

同時に凄《すさ》まじい轟音《ごうおん》と揺れが襲いかかってくる。

身構える暇もなく足が地面から浮き、体が前方に投げ出されるのが分かった。

一瞬にしてコントロールを失ってしまった体とは対極に、視覚だけが異常に冴《さ》え渡《わた》っていた。

まるでスローモーションを見ているように、周りの景色がゆっくりとよく見えた。

そしてそれは視線の先。ひび割れで真っ白く染まったフロントガラスが完全に砕け散り、その破片が群れとなって自分に迫っているところまで、ハッキリと見えた。

まずいということは分かる。だけど体が動かない。せめて急所ぐらいは守りたいのに、腕の動きが鈍すぎる。腕を上げきるより先にガラスの雨に身を撃たれるのが分かってしまう。

制服のブレザーでも着ていれば、まだその防護性に多少の期待を持てたのかもしれないが、今は梅雨も明けてそろそろ夏かという季節。身につけているのは半袖のワイシャツ一枚だ。

せめてもの抵抗は、目を閉じて体を強張《こわば》らせることぐらいだった。

全身の至るところを刺す、あるいは切るような鋭い痛みが一瞬走った。本当に一瞬だった。正直、覚悟していたほどじゃない。内心ホッとしたが、まだ気を抜いている場合じゃなかった。

今度は投げ出された勢いのまま受け身も取れずに顔から地面に落ちた。それでも勢いは止まらずにバスの通路を転がり、最後に背中をしたたかに打ちつけたところで、やっと勢いが止まった。

痛い。全身痛いが、特に最後に打った背中がめちゃくちゃ痛い。何か硬い物にぶつかったのか、肉が押し潰されるような感触があった。しかし不幸中の幸いと言うべきか。確かに背中は酷《ひど》く痛むが、逆に言えば痛いだけだ。骨や内臓がどうにかなった感じはしない。命に関わるような怪我《けが》ではなさそうだ。

それにしてもいったい何が起こったのか。事故か？　なにかえらく暑い気がするけど、まさかバスが爆発炎上していたりしないだろうな。

確かめるために固く閉じていた目を開くと、逆さまになった車内が見えた。一瞬バスが横転したのかと思ったが違う。逆さまなのは俺自身だ。

背中を打ちつけた硬い物に脚だけを引っ掛けて、上半身は通路に仰向けに――有り体に言えば、椅子に座ったまま後ろにひっくり返ったような姿勢で――俺は倒れているようだ。

目線を足下に向けると、運転席横の運賃箱を足蹴にしているのが見えた。どうやら背中をぶつけたものの正体はこれらしい。その向こうにはガラスが吹き飛んでグシャグシャに潰れたバスのフロント部分が見えた。

ここからエアコンの冷気が全部逃げているからこんなにも暑いのか。少し隙を見せるだけでこの暑さとは、地球の温暖化はいよいよ深刻だな。

現実逃避ぎみにどうでもいいことを考えながら、今度は顎を上げて目線を車内に移した。

――どうやら乗客は全員無事らしい。

最後尾の四人掛けの席の通路に面した位置に座っていたおばさんだけが、座席から転げ落ちたらしく肘をさすっているが、驚くべきことにそれ以外の乗客は座席から落ちてすらおらず、特筆すべき被害は見られない。せいぜいが前の席の背もたれに顔をぶつけて鼻を押さえている者がいるくらいだ。

これはもしかしなくても一番被害が大きいのは俺なんじゃないだろうか。

変な男に席を立たされた挙句、立っていたせいで派手に吹っ飛んで大怪我である。

残念すぎて乾いた笑いすら出てこない。

せめてあの金髪野郎も多少は痛い目に遭っていないと納得できそうにない。

怒りを抱えたまま、再び車内に目を戻したところでギョッとした。

――乗客全員が俺を見ていたのだ。

右を見ても左を見ても、どの席に視線を動かしても目が合う。そして、俺と目が合った乗客は全員が一様に同じ表情をしていた。

それはまるで信じられないものでも見たような、そんな唖然《あぜん》とした表情だ。

ぞくり、と。

今までの人生で感じたことがないくらいの悪寒が背筋に走った。とてつもなく嫌な予感がする。

予感に従うようにゆっくりと視線を自分の体に向けた。

赤い。

真っ赤だった。

今日は間違えて赤いシャツで登校してしまったのか。反射的にそう思ってしまうほどに制服が真っ赤に染まっていた。

震える。だって、これがもしそうなら、もう手遅れなほどに出ている。

だから縋《すが》るように思う。違う何かであってほしい。別の何かであってほしい、と。

しかし、俺の祈るような想《おも》いは容易《たやす》く否定された。

トプッ、トプッ、と。赤い液体が首筋あたりから飛び、シャツを染め上げているのが視界に映った。

トプッ、トプッ、トプッ、と。それはまるで鼓動のリズムを刻むように溢《あふ》れ出《で》ていた。

反射的に首筋を押さえようと腕を――

――動かなかった。

指がかろうじて動く程度で、腕が持ち上がらない。右腕も左腕も持ち上がらない。持ち上がる気がしない。

さっきまであんなに暑かったのに、今は寒い――。

なんで……？

なんなんだよこれ？

まさか俺…………死ぬ？

嘘《うそ》だ。なんでそうなる。だって今日はいつもどおりの一日で、いつもどおり普通に過ごしたはずなのに。ただほんの少し、帰りのバスで変わったことがあったくらいで――

ピロン♪

しん、と静まり返る車内に場違いな音が響いた。あまりの場違いさに、思考が働くよりも先に視線が動く。

音の発生源にいたのは金髪野郎だった。

金髪野郎がスマホを構えて俺に向けていた。

あまりのことに死にかけていることも忘れて唖然としてしまう。

たぶん、動画を撮っている。

死にそうな俺を、死んでいく俺を、こいつは動画に撮っている。

怒りで頭が真っ白に染まった。

殺したい。

こんなに純粋な殺意を覚えたのはおそらく生まれて初めてだ。

ふざけるなよ……！

今すぐ襲いかかって殺してやりたいのに、体がまったく動かない。

「――――ッ！」

せめて口から怒りをぶちまけようとしたが、唇が僅かに動いただけだった。

許せるか！　許せるかよこんなことッ！　死ね。死ねよ！

スマホをこちらに向け、興奮した様子で撮影を続ける金髪野郎を睨《にら》みつける。もう、それしかできなかった。

せめて、全力でこの男を殺してやるつもりで、視線にありったけの殺意を込めた。

なぜ、俺が死ななければならないのだと、視線にありったけの怒りを込めた。

なぜ、俺はこんな男に媚びるような真似《まね》をしたのかと、視線にありったけの後悔を込めた。

視線に持ちうる全ての呪いを込めた。

睨んだ。睨んだ。睨んだ。睨んだ。睨んだ。睨んだ。

溢れ出す血が尽きても睨んだ。

呼吸が止まっても睨んだ。

視界が白く染まり、瞳が何も映さなくなっても、そこにいると信じて睨んだ。

最後まで睨み続けた。

そして、意識までもが白い光の中に消えていく瞬間——


『————————』

光の中で何か声が聞こえた気がした。

第一話　言葉

世界が続く先は未来ではない。

本来、世界とは時間的にも空間的にも奥に広がっているはずなのだ。

橘《たちばな》央弘《おうぐ》　著『世界の中の自分』より一部抜粋。

＊

岩壁というには脆《もろ》さを隠せない、そんな土色の岩肌に囲まれた場所だった。

上も下も右も左も、同じ土色の岩に覆われ、それ以外の色を見つけることはできない。

そのような場所でありながら息苦しさを感じさせないのはその広さ故か。

充分な横幅と天井まで高さをもった空間が、まるでトンネルを形作るように前後に延びていた。

「――――は？」

そんな土色の空間に一人佇《たたず》んでいた少年、炭原継人《すみはらつぐと》が初めての呼吸とともに、やっと絞り出せた言葉がこれであった。

たった一文字の言葉とも言えない言葉だったが、継人は自分の口から声が出たことに驚いた。

確かめるように口に手を当てる。その手に息がかかる感触にさらに驚き、それ以前に自由に手が動くという事実に気づき呆然《ぼうぜん》とした。

「生きてる……のか？」

そんな馬鹿な、と継人は思う。

助かるような出血量ではなかったはずだ。

そこでハッとして自身の体に目を向ける。

そこにあったのは血に染まった制服ではなく、染み一つない真っ白な制服だった。

まさか、先ほどまでのバスでの出来事は全て夢だったのか。継人の脳裏にそんな考えがよぎったが、それを否定しているのもまた彼自身が身につけている制服だった。

ボロボロなのだ。

まるで刃物を適当に走らせたように、あちこち切り裂かれ、穴が空いている。

その制服の変わり果てた姿が、あれは夢ではなかったと告げている。

だったら――と首を触る。……ない。

首から肩、腕、そして脇腹とまさぐっても、あるはずのものがそこにはなかった。

制服はズタズタなのにもかかわらず、その下にある継人の体には傷の一つも存在しなかった。

「どういうこった……？」

まさかバスでの出来事ではなく、今のこの状況が夢なのだろうか。しかし、夢にしては現状はあまりにリアルだ。

吸った空気の冷たさも、足裏に感じる地面の硬さも、現実感がありすぎてこれが夢の中とは到底思えない。

「それならやっぱり、……助かったのか？」

継人はあたりを見渡す。

そこはゴツゴツとした茶色い岩で形成された洞窟のような場所だった。天井までの高さは四、五メートルほどもあり、道幅は必ずしも一定ではないものの、広いところではやはり四、五メートルほどの幅があった。かなり広大な雰囲気はあるが、それでも継人の目には普通の洞窟に見えた。

継人は洞窟の壁面をペタペタと触る。その感触を確かめながら思考を巡らせていると、

――かつん、と石を蹴るような音が響いた。

継人がハッと視線を向けると、ぬうっと、視線の先の岩陰からそれは現れた。

身長は高く、百八十センチを超えているだろう。全身ガッシリとしており、その体には元は白かったであろう黄ばんだシャツ一枚と、革製とおぼしきズボン、同じく革製らしきブーツを身につけていた。髪は色あせたブラウンで、左手には木製のバケツを持ち、右手にはツルハシを握ってそれを肩に担いでいた。

男だった。

現れた男も継人に気づき、視線を向けた。

男の突然の登場に驚いた継人だったが、どこかも分からない洞窟の中で人に出会えたことは幸運以外の何物でもない。早速、男に話しかけようと一歩を踏み出したが、すぐに二歩目を躊躇《ちゅうちょ》し、足を止めた。

目が合ったからだ。

男の『青い瞳』と。

え――？　と継人は混乱する。

男の顔は彫りが深く、ブラウンの髪に映える鮮やかな青い瞳をしていた。年の頃は四十過ぎといったところに見えるが、継人とは人種が違うためにハッキリとは分からなかった。

そう人種が違った。男は明らかに見慣れたアジア系の人種ではなかったのだ。

（……まさか、ここって日本ですらない？）

固まる継人に怪訝《けげん》な目を向けていた青い瞳の男が、やがて嫌そうに顔をしかめると口を開いた。

「おい、タグ無し。通るなら早く通れ」

男は〝言葉〟を発しながら、自身がやってきた岩陰の向こうを親指で指し示す。しかし、継人はその〝言葉〟を聞くと同時に目を見開いてさらに固まってしまい、一向に返事をしない。

男はそんな継人の様子に苛立《いらだ》ったように舌打ちすると、

「通らねえんだったら、俺が終わるまでそれ以上近づくんじゃねえぞっ！」

そう言って継人に向かって軽く凄《すご》んでみせた。

それでも反応を見せない継人に、男はもう一度舌打ちすると、それ以上は何も言わずに洞窟の壁に向き直り、その岩壁にツルハシを振り下ろし始めた。

男が壁に向かってツルハシを振り下ろす音が響く只中《ただなか》、継人の頭はパニックと言ってもいい状態になっていた。それは視線の先でツルハシを振る男の〝言葉〟を聞いてからだった。

直前まで、継人の心配は別のところにあった。

ここは日本ではないのではないか。だったら日本語も通じないだろう。英語の成績に自信がない自分が、日本大使館までたどり着けるのだろうか。

せいぜいがこの程度のものだった。

しかし、蓋を開けてみればどうだ。

継人はこの外国人らしき男の言うことが完璧に理解できた。それだけなら普通は喜ぶべきところだろう。言葉が通じないかもしれないと心配していたら、それが杞憂《きゆう》だと分かったのだ。歓迎するべきところだろう。本来なら。

だが違うのだ。通じるから、歓迎できないのだ。

継人は確かに男の〝言葉〟が理解できた。

しかし同時に、男が操る言語がどこの国のなんという言語なのか、まるで分からなかったのだ。男の口から聞こえてきたそれは、もちろん日本語ではなかった。そして英語でもなければ中国語でもない。継人がこれまでの人生でメディアなどを通じて見聞きしてきたどの言語とも違う、まったく聞き覚えのない言語だったのだ。

だというのに理解できた。

男の口から発声される聞き覚えのない音の羅列の意味が――〝言葉〟が分かった。

継人の思考は完全に止まっていた。

今の事態は、自分が考えて答えにたどり着ける範囲を遥《はる》かに逸脱しているということに、ようやく気がついた。

何が起こっているのか、誰か教えてほしかった。

第二話　出口

　どれだけの時間が経《た》ったのか。

　完全に思考停止に陥っていた継人が再起動し、青い瞳の男は壁を掘って何かを集めているらしいと気づいたころには、男のバケツはすでに石でいっぱいになっていた。

　男は満杯になったバケツをニヤニヤとした顔で一撫《な》でするると、一度継人のほうへ警戒するような視線を向けた。そして、警戒を解かないまますぐにツルハシを担ぎ直すと、バケツを大事そうに持って、現れたときと同じ場所――岩陰の向こう側へと去っていった。

　継人はぼんやりとその様子を眺めていたが、そんな場合ではないとなんとか気を持ち直す。

　男が去ったほうへ向かえば外に出られるかもしれない。

　継人は男を追いかけようと一歩踏み出した。しかし、そこでふと男が掘っていた壁が目につく。

（……何を集めてたんだ？）

　一見すると、それはただ掘り返されて砕かれた岩壁の残骸のようだったが、よく見るとその茶色い欠片《かけら》の中には青く透き通った粒が含まれているのが分かった。

（何だこれ、宝石か？）

　あの男は宝石の採掘をしていたのだろうか。

　言われてみれば、何か必要以上に警戒されていたように継人には思えた。

もしかしたら、男は採掘した宝石を横から盗まれることを心配していたのかもしれない。

男の掘った壁の亀裂に指をかけグッと力を込めると、壁は柔らかく、一部がボロッと簡単に崩れ落ちた。

落ちた石を拾って見てみると、男が捨てていった石よりも多量の青い粒が含まれているのが割れ目を中心に確認できた。

(この石、価値があるなら持っていったほうがいいのか?)

継人は尻のポケットを探りながら考える。普段ならそこに財布が入っているのだが、やはりというべきか今は何も入っていなかった。

どこかも知れない土地で先立つものがない。気休めかもしれないが、その石をポケットにしまっておくことにした。

(もう少し持っていったほうがいいか……?)

継人は引き続き壁を力任せに削ってみるが、先ほどとは打って変わって青い粒があまり含まれていない石しか出てこない。男が捨てていったような石ばかりだ。

どうやら、ぽんぽんと簡単に採れるものではないらしい。

(だったらもういいか。そもそも価値があるのかも不明だしな)

継人が引き上げようとしたとき——自ら崩した壁の一部がキラリと光るのが目の端に映った。

よく目を凝らして見てみると、そこには青い石とは違う、無色透明のきれいな石が埋もれていた。

＊

継人は青い瞳の男が去っていった岩陰の先に進んでいた。

男の背中はとうに見失っているが、洞窟は一本道だったので迷うこともなかった。

先ほど掘り出した透明な石は継人の手の中でキラキラと光を反射していた。

価値のある物なのだろうか、と考えながら石の透明度を確かめていた継人は、石が反射する光を見て、ふと、なぜ今の今まで気がつかなかったのかという事実に、遅まきながら気がついた。

（この洞窟、なんでこんなに明るいんだ？）

透明な石に細かい傷すらないことが目で見て確認できるほどに、洞窟内は明るい。なのに光源らしきものはどこにも見当たらない。

まだ何一つ疑問は解消されていないというのに、訳の分からない事実だけが積み重なっていく。

「…………」

継人はまた頭を抱えそうになるが、考えたところで分からないという結論がすでに出ているので、もう何も考えないことにした。

しばらく進むと継人は初めて分岐に差し掛かった。左右に延びたY字路だった。

どちらに進めば？　と悩む必要はなかった。向かって右の道から人が現れては、左の道へと進んでいくのが見えたからだ。

左の道に消えていく人々は皆一様に重そうなバケツを運んでいる。おそらく、青い瞳の男と同じように洞窟内で石の採掘を行い、それを外に運んでいる最中なのではないだろうか。

継人は何食わぬ顔で人の流れに乗り、出口と思われるほうへと歩を進めた。

そのまま五分ほど進むと、視線の先に階段が見えてきた。

洞窟の道幅と同じくとても幅の広い階段で、継人なら十人は並んで上れそうなほどだ。

階段に足をかけ、段差の向かう先に視線を上げると、洞窟の中を満たす不自然な光とは違う馴染《なじ》み深い自然の光――太陽光が目に飛び込んできた。

外の光を見てホッと息を吐いた継人は、バケツを重そうに運ぶ人々を尻目に足早に階段を上っていった。

＊

すでに夕暮れに程近い茜色《あかねいろ》の光に照らされたそこは、ガヤガヤと騒がしかった。

継人は固く乾燥した土の地面を踏み締めながら、騒々しいその場所を見渡した。

どうやらそこは山を切り開いて造った広場であるらしかった。

右を向いても左を向いても森――と言えるほど鬱蒼《うっそう》とはしていないが、林と呼ぶには支障がない程度の木々に囲まれていた。

だからといって窮屈さを感じないのは、単純に切り開かれた範囲が広いからだ。ざっと見ただけでも広場は学校のグラウンドほどの広さがありそうだった。

広場には、木造の大小様々だが一様に年季の入った建物が数棟と、少し離れたところに煉瓦《れんが》造りらしき大きな建造物が一棟建っていた。

継人は広場をぶらぶらと歩く。

とにかく人が多い。

ツルハシやスコップ、バケツなどを抱えた人々がひしめき合っている。大半は男だが僅かに女もいる。年齢層はバラバラで子供から老人まで様々だ。数は百をゆうに超えているが、それでも今も洞窟の出口の階段からは続々と人が溢れ出てきていた。

(やっぱり、本格的に日本じゃないな。これだけ人間がいて黒髪の奴《やつ》がほとんどいない。それに、どいつもこいつも身なりがおかしい)

広場に溢れる人々の服装には違和感があった。その違和感を言葉にすれば「古い」だろうか。服が着古されているという意味ではなく、服のデザイン――つまり時代が古いのだ。

(なんか中世っぽいっつーか、なんつーか……)

継人が呆気《あっけ》にとられたように広場の人間を観察していると、洞窟から出てきたバケツを持った人々は、一様に同じ方向に足を進めていることに気がついた。

継人が視線だけでその後を追うと、そこにはより一層の人だかりがあった。

(――これは、並んでるのか?)

石の詰まった重そうなバケツを持った者が、何かを待つようにその場に立っていた。かなり雑然としているが、注意深く見てみるとその人だかりは確かに列になっていた。

(もしかして、ここで石を換金するのか?)

継人が列の先頭が見える位置へと移動していくと、そこにはいくつもの台座が横一列に並べられ、その前にはバケツを持った者が順番待ちをしていた。

そして、台座の向こう側で列を受け持っているのは、広場に溢れ返る人々とは明らかに身なりからして違う者たちだった。

真っ白いワイシャツの上から黒いベストを身につけた清潔感のある整った印象の者たち。

そんな彼らが列に並んだ者からバケツを受け取り、そのバケツを台座の上に備えつけられた機具の上にのせて何かを確認すると、石の詰まったバケツと引き換えに硬貨らしき物を渡していた。

（俺も並んだほうがいいのか？　でも、これだけじゃなぁ……）

ポケットから青い粒が含まれた石を取り出し、しばらく眺めたあとに、ため息をついた。

バケツいっぱいの石を換金している者ですら、お世辞にもきれいとは言えない身なりなのだ。

ということは必然、石を売って得られる稼ぎはそれほど多くはないのだろう。

そうであるならば石一個の値段など推して知るべしである。

（どこかも知らない国で無一文、か）

本当にこれからどうしたものかと継人が途方に暮れていると――

「お兄さん、大丈夫かい？」

継人の後ろから声が聞こえた。

継人にとって、やはりそれは聞き覚えのない言語であったが、洞窟内で聞いた男の言葉と同じく意味は理解できたので、声が聞こえたほうへ振り返った。

そこには木箱の上にカラフルな何かが詰まった瓶を所狭しと並べた露店があった。

露店の主が、継人に人のよさそうな笑みを向けていた。

第三話　露店商

二つ並んだ高さ幅ともに一メートルほどの木箱が、水色の清潔な布を掛けられることによって見事な商品陳列台に化けていた。

陳列台の上には小さな樽《たる》や籠などが並べられ、中でも特に目を引くのが数々の瓶。中身は色とりどりのドライフルーツだった。

乾燥しても鮮やかさが損なわれていない色彩豊かな果物を眺めながら、なぜこんなところに露店が？　と継人は疑問に思ったが、よくよく見てみると、周りにも似たような露店や屋台が数軒だけではあるが存在していた。

「――お兄さん、まさか全部盗まれちゃったのかい？」

露店商が再度、継人に話しかけた。

ドライフルーツを並べた露店の店主と思われるその男は、歳は三十前後の優男で、人のよさが滲《にじ》み出《で》たような柔和な笑みを浮かべていた。

（盗まれたって、何のことだ？）

継人は眉をひそめたが、よくよく今の自分の姿を思い起こしてみると納得した。

石一つ握り締めて肩を落とし、ため息までつきながら佇んでいたものだから、採掘した石をバケツごと全て盗まれて途方に暮れている、とでも思われたのだろう。

「災難だった――というより、それはさすがに不注意すぎないかい？　普通は肌身離さず持っておくべきものだよ」

（いや、バケツ肌身離さず持ってたら石なんて掘れねえだろ）

継人は心の中で反論したが、それを口に出すことはしない。

自分は相手の謎言語をなぜか理解できるが、目の前の露店商が日本語を理解できるとは思えなかったからだ。

「いくらか持ち合わせはあるのかな？　さすがにその魔力鉱石一つじゃどうにもならないよ」

露店商は継人の手の中の石に視線を向けた。

「――魔力？」

魔力という意味にしか理解できなかった言葉を、継人はつい日本語で聞き返してしまった。

すぐに――しまった、と思ったが、

「うん？　そう魔力だよ。魔力鉱石。まさか知らずに採掘してたのかい？」

露店商は継人の日本語に対して当たり前のように返事をした。

「えっ？　まさか日本語が分かるのか⁉」

「ニホン語？　……ああ、君の使ってる言葉か。初めて聞く言葉だし、僕にはちょっと分からないかな」

継人が露店商に向ける目には、この男はいったい何を言っているのか、という疑問がありありと浮かんでいた。

分からないと言いながらも、継人の日本語に対してキッチリと返事をしている。

本当に日本語が分からないなら、今成立しているこの会話はなんだというのか。

「いや、なに言って――」

だが、継人は露店商に言い募ろうとしたところで、はたと気づいた。

自分も同じではないか、と。

日本語を初めて聞くと言う露店商と同じく、継人も露店商が話す言語は今日初めて聞いたものだ。その言語の発音も文法もまったく分からない。だというのに言葉を聞けば意味だけは理解できるのだ。

継人は自分だけが何かおかしくなって、そのような状態になっていると思っていたが、この露店商も同じように――いや、それがさも当然のように振る舞う露店商の態度から考えるに、もしかしたらここにいる人々は全員がそのような状態なのかもしれなかった。

継人は、情報が集まれば何が起きているのか少しは分かるはずだと考えていたが、情報が増えれば増えるほど余計に事態が分からなくなっていた。

「……お兄さん、落ち込むのも分かるけど、まあ元気出しなよ。嘆いてたって盗まれた物は戻ってこないんだからさ」

黙り込む継人を見て、露店商は盛大に勘違いした言葉をかけた。

思考の海に潜りかけていた継人は、その声を聞いて露店商のほうに意識を戻す。

考えるのは情報が出揃《でそろ》ってからだと思い直した。

「……ああ、そうだな。まあ、落ち込むっていうより珍しい状況に混乱してるって感じだけどな」

「珍しいって……、もしかしてベルグに来たのは最近かい？」

ベルグ。ここの名前か？　と内心首を傾《かし》げる。

「最近っていうか、まあ今日だな」

「あー、そりゃあ本当にツイてなかったね。これは都会全般に言えることではあるんだけど、とにかく色んな人が集まってくるからさ。特にベルグは魔力鉱石の採掘でいつも人手不足だから、石を掘りさえしてくれるなら基本誰でも歓迎みたいなところがあってね――」

そう言いながら露店商は広場に集まる人々を見渡し、僅かに声を潜め、

「そうなってくると訳あり連中や盗賊まがいの連中まで、色々集まっちゃうのさ」

つまり、このあたりでは盗みなど珍しくないということだ。

継人は少し苦い顔を見せる。

「それはどうするんだい？」

露店商は継人の持つ石を指差しながら尋ねた。

「これ一つのために列に並ぶのもアホらしいだろ」

「ハハッ、だろうね。良ければ僕が買い取ろうか？」

「いいのか？　いくらだ？」

「これくらいの石なら大銅貨一枚が相場かな。うーん、見たところ純度もそれなりだし、おまけして銅貨一枚プラスの十一ラークでいかがかな？」

それはつまりいくらなんだよ、と継人は言いたかったがグッと我慢する。

通貨の価値や単位を理解していないと知られるのはさすがにまずい気がした。

それが知られたらぼったくられ放題であるし、何よりそんなことも知らない奴は単純に怪しい。

「……十一ラークか。それで何か買えるものはあるか？」

継人は金の価値を把握しようと、変化球的な質問を投げながら露店に並んだ商品に目をやる。

「うーん、さすがに十一ラークだとドライフルーツぐらいしか無理だね。この匙《さじ》一杯で一ラークだよ。あっ、袋は持ってるかい？　持ってないならこの袋が三十ラークだよ」

露店商が手にしている木のスプーンは本当に小さなもので、コーヒーに砂糖を入れるのにちょうど良さそうなサイズだ。そのスプーン一杯で一ラーク。十一倍しても下手をすれば一口で完食できてしまいそうである。

さらに露店商が差し出した小さな巾着袋は三十ラーク。そんな小さな巾着すら買えない。どうやら十一ラークというのは相当にはした金らしかった。

日本円に直したら百円の価値もないかもしれない。

これでは無一文と変わらない。脱力感に襲われたところで、そういえばと気がつく。

「これは買い取れるか？」

継人がポケットから取り出した透明な石を見て、露店商は目を見張る。

「おおっ、エーテル結晶だね」

「エーテル結晶？」

「各種ポーションを作るのに必要なんだけどレアでね。今日初めて潜ってそれが採れたんなら運が良いよ。ああ、でも荷物を盗まれたんなら、差し引きするとやっぱり運は悪いかな。あっはっは」

（つまり、荷物なんて盗まれてない俺は運が良いってことか。いや、でも運が良い奴がこんな訳の分からないところで迷子にはならないか……）

「――で、買い取れるのか？」

「もちろんだよ。是非買い取らせてもらいたい。僕に売ってくれるなら相場より色をつけて――大銀貨二枚と銀貨五枚出そう」

露店商は右手の指二本と左手の指五本を継人に示しながら自信満々に言い放ったが、当の継人はその価値が分からないので、しらけた顔をしていた。

「あれっ？　不満かい？　向こうで売ったって大銀貨二枚がせいぜい、よくても銀貨が一、二枚つく程度だよ？」

露店商が列を指し示しながら言った言葉が、真実なのかどうかの判断は継人にはつかないが、それを確かめるために今から列に並ぶ気にはなれなかったので、言い値で石を売ることにした。

「分かった。値段はそれでいいから、その袋をおまけしてくれ」

「袋って、このドライフルーツ用の？　袋だけ？」

「財布だ」

「ああ、なるほど。それじゃあ、魔力鉱石一つにエーテル結晶一つ、締めて二千五百十一ラークと、おまけの袋だね。まいど」

受け取った金を数え、袋に収めながら、継人は今まで露店商が口にした通貨の情報と合わせて計算する。

大きな銀貨二枚。小さな銀貨五枚。大きな銅貨一枚。小さな銅貨一枚。これが二千五百十一ラークということは――

大銀貨一枚が千ラーク。

銀貨一枚が百ラーク。

大銅貨一枚が十ラーク。

銅貨一枚が一ラーク。

ということになる。

これで通貨に関してはある程度のところは把握できた。あとはその価値をもう少し正確に把握できれば、と露店の商品に目を向ける。

「その干し肉みたいなのはいくらだ？」

継人は陳列された籠の中にある、缶ジュースほどの大きさの赤黒い塊を指差して尋ねた。

「みたいじゃなくて、ちゃんと干し肉だよ。銀貨一枚ね。あ、肉用の袋は少し大きめだから大銅貨五枚だよ」

干し肉は継人では一食で食べ切れないほどの大きさだ。それが銀貨一枚、百ラークなら、一日を干し肉一つで凌《しの》げれば、手持ちの二千五百十一ラークで一月近くは生きられる。継人は頭の中でそんな雑な計算を繰り広げた。

「分かった。もらう」

食事を確保できたところで、継人は空を見上げながら露店商に尋ねた。

「この近くで泊まれる場所があるか知らないか？」

太陽の位置から考えると、もう日が暮れるまでそれほど猶予もないだろう。日本大使館云々《うんぬん》の前に、とにかく泊まる場所を見つけなければ、こんな見知らぬ国で、継人は野宿することになる。

「うーん、宿かい？　そうだねぇ。君でも大丈夫そうなところなら……ここからまっすぐ下りていって――」

露店商は広場の端の林が開けた場所を指差しながら言う。

「大通りに差し掛かる直前、左手側に『竜の巣穴亭』って宿があるから、そこがおすすめかな」

「『竜の巣穴亭』だな。分かった」

泊まれる場所がなんとかなりそうなことに、継人は一つ息をついて安堵《あんど》した。

「うん、まあ気を落とさないで頑張ってよ。真面目にやっていれば、金貨の一枚ぐらいはすぐに貯《た》まるものだしさ」

「金貨？　ああ、まあそうかもな」

金貨なんてあるのかと考えながら、適当な生返事を残して継人は露店をあとにする。

立ち去っていく継人の背中に、露店商は最後に声をかけた。

「あと今さらになるけど――ようこそベルグへ！　君がこの街で幸いであるように祈っているよ！」

人のよい笑顔を浮かべた露店商の言葉に、今日初めて継人は口元を綻ばせた。

第四話　地球ではない

広場の端からは下り階段が延びていた。

道幅二メートルほどの山道に、不揃《ふぞろ》いな形をした石を敷き詰めて、一段がたたみ一畳程度のゆったりとした間隔になるように造られた階段だ。

石の採掘を終えて帰路につく人々に紛れ、継人も階段を下っていく。

左右を木々に囲まれて、頭上にもその枝葉が覆われている山道は薄暗い。

これが昼間ならば、枝葉の隙間から木漏れ日が心地よく射《さ》してくるのかもしれないが、残念ながら今はもう日も傾いている時間だ。枝葉から漏れ入る日の光は弱く、やや肌寒いくらいだった。

（……そういえば少し冷えるか？）

継人は半袖から剝《む》き出《だ》しになった腕をさする。

日本は初夏だったはずだが、ここは違うのだろうか。

凍えるには程遠いが、日が完全に落ちれば半袖では少しつらいかもしれない。

そんなことを考えながら十分ほど階段を下っていると、だんだんと下りの傾斜が緩くなり、ついには足元の階段が途絶えた。

そこまで来ると木々は完全に開け、その先には街が広がっているのが見えた。

＊

そこはきれいな街だった。

均一な煉瓦で舗装された石畳に、壁を漆喰《しっくい》で仕上げた二階建て三階建ての建築物が並んでいた。

しかし、やはりと言うべきか、その町並みはどこか古臭く、現代的な匂いがまったく感じられなかった。

（確か、まっすぐ進んで、大通りに差し掛かる直前の左手側……だったな）

継人は露店商に教えられた情報を思い出しながら、言われたとおりに脇道にも入らず、まっすぐに歩を進めた。

そのまま歩き続けていると、まもなく人通りの多い大きな道に突き当たった。

（これが言ってた大通りか？）

継人は店舗などが多く建ち並び、人々が賑《にぎ》やかに行き交う大通りを見渡した。

（たぶん間違ってないと思うけど、目的の宿は大通りに差し掛かる直前って言ってたし、すでに通りすぎてるってことだよな……？）

だとしたら少し道を戻らなければならない。

そう考え、継人がもと来た道を振り返った瞬間だった。

ただ何となく、
とても自然に、
それは視界に入った。

自らが進んできた道を戻った先――下ってきた階段を上り直したさらに先――先ほどの洞窟さえも飛び越えたさらにさらに先に――――それはあった。

それは山だった。

いや、継人の常識では山というのは三角形に近い形をしている。それが山だ。

だったらそれは山ではない。

山ではなく、それは棘《とげ》だった。

地面から空に向かって伸びた――そう、つららを逆さにしたような、それは棘だった。

ただし、そのスケールがそれを棘などと呼ぶことを決して許さない。

それは森から突き出て、雲を貫き、天にまで伸びていた。

その雄大さは、やはり山と言う他なかった。

継人はその有り得ない形状の山を見上げながら、開いた口が塞がらなかった。

ただただ啞然とした。

そして、自らの常識の中では絶対に有り得るはずのない光景を前にして、今まで全て保留としてきた数々の不可解な現象への疑問が頭の中で一気に爆発した。

日本という国で、十七年かけて培ってきた知識も経験も全てが吹き飛び、キレイな更地となった脳内には答えが一つしか転がっていなかった。


――――ここは地球ではなかった。

＊

街はガヤガヤと騒がしい。

いそいそと店じまいをする商店の店主。そこにちょっと待ってくれと駆け込み、急いで買い物を済ませる中年男。ペチャクチャと話しながらも足早に帰路につく女たち。

それらの喧騒《けんそう》を包み込むように、カラーン、カラーン、と金属を叩《たた》く音が街中に響いた。

不快な音ではない。むしろそれは穏やかな音色と言えた。

その音色に揺り起こされるように、継人の意識は現実へと戻ってきた。

まだよく働かない頭で、ぼんやりと周りに目をやると、そこには夕日に染まる街の景色があり、それと同じく茜色に染まった棘状の山が、堂々と天に向かってそびえ立っているのが見えた。

（夢じゃない。現実……これが現実？　……現実ってなんだっけ？）

そんな風に現実逃避しながらも、このまま日が暮れることを恐れ、露店商に教わった宿を目線だけで探し始めている継人は、程々には冷静であると言えた。

彼が冷静でいられたのは、ここが地球ではないという可能性が、これまで一度も頭をよぎらなかったわけではないからだ。しかし、今までは荒唐無稽なその考えを無意識に排除していたのだ。

宿を探して視線と足をさまよわせること、一、二分ほど。

――竜の巣穴亭。

大通りから十メートルほど戻った場所に、目的の建物を見つけた。

その外壁に固定された金属製の看板に刻まれた――どこかカタカナに似ているが決して見覚えの

ない――文字を、継人は当たり前のように読み上げることができた。どうやら言葉だけでなく、文字まで理解できるようだった。

（宇宙人に脳みそ改造されて、別の星に放り出されたとか……？　いや、魔力鉱石なんて物があるんだし、魔法的な力でファンタジー世界に来たってことも……）

看板の前で固まってつらつらと考えていたら、あたりは夕闇に呑まれ始めていた。

継人は一旦思考を中断し、建物の扉に手をかけて竜の巣穴亭へと足を踏み入れた。

扉をくぐると正面の奥にカウンターらしきものがあった。そして右手に見えるのは食堂だろう。料理が並べられたテーブルがいくつもあり、男たちが騒がしく食事を楽しんでいた。

継人は旨《うま》そうな匂いが鼻をくすぐるのを振り切り、まっすぐに正面のカウンターと思われる場所へ向かう。

「…………」

そこに待っていた人物を見て、継人は固まっていた。

別に美人の受付を期待していたわけではないが、それでも慇懃《いんぎん》な老人や恰幅《かっぷく》の良い中年ぐらいが出てくるものだと思っていたのだ。

だというのに待っていたのはそのどちらでもない。

そこにいたのは巨人と見まがう大男だった。

明らかに二メートルを超える身長。ただでさえ大きい体軀《たいく》は分厚い筋肉に覆われ、身につけた白いシャツがはち切れんばかりになっている。そして、極めつけはきれいに剃《そ》り上げられたスキンヘッドと、その下に輝く鋭すぎる眼光だ。

殺し屋だってそこまで鋭くないだろうという視線が継人に向けられていた。

（なんだ、この嘘みたいに厳《いか》ついオッサンは……）

入る店を間違えたのだろうか、と反射的に思ってしまう。

しかし、そんなはずはない。何度も看板を確認したのだ。

継人は驚きながらも、いつまでも黙って突っ立っているわけにはいかないので、宿の店主だと思われるその大男に用件を伝える。

「一泊頼みたい。部屋は空いてるか？」

「……個室のみ。食堂を使うのは許可しない。……それでもいいなら銀貨五枚だ」

どうやら宿で間違いなさそうで安心する。

個室はそもそも一人なので問題ない。食堂に関しては一見さんお断りということなのだろうか？よく分からないが、干し肉があるのでそちらも問題はない。継人は大銀貨を店主に手渡した。

釣りの銀貨を受け取り、厳つい店主に案内されて部屋へと向かう。

石造りの階段を三階まで上り、階段から見てすぐ手前にあった部屋に案内された。

「これが鍵。こっちは明かりと湯だ」

店主にそう言われて手渡されたのは、棒の先に突起がついたシンプルな鍵と、単二電池を倍の長さにしたくらいの銀色に輝く金属の筒二本だった。

（鍵はともかく、こっちはなんだ？）

継人は金属の筒を見ながら眉をひそめる。

聞き間違いでなければ『明かり』と『湯』だと言われた気がするが意味が分からない。どう見たってただの金属の筒である。

「なんだこれ？」

考えても分かりそうもなかったので素直に尋ねた継人だったが、彼の質問を聞き今度は店主が眉をひそめた。

何を言っているんだこのガキは、とでも言いたげな顔をしている。

その反応を見て、どうやらこの金属の筒は知っていて当然な、常識的代物らしいと継人は気づいたが、彼は自分が客だということもあり、開き直って目線だけで店主に説明を促した。

すると店主は継人の手から筒を奪うと部屋に入っていき、テーブルの上にあった三十センチほどの提灯《ちょうちん》型のオブジェの頭に筒を挿し込んだ。

その瞬間、パッとオブジェに光が灯《とも》る。

(なるほど、確かに明かりだな)

どうやらその筒は電池か何かのようだ。

「――湯のほうも同じだ。風呂釜に水を溜《た》めてから〝魔石〟を挿せば湯になる。止めるときはそのまま抜けばいい」

店主が魔石と呼んだ金属の筒をオブジェから引き抜くと明かりが消えた。

どう見ても石には見えないが、と継人が筒を振ると、中からシャカシャカと音が聞こえた。どうやら金属の筒の中に何かが入っているらしい。それが石なのかもしれない。

「なるほど、分かった」

「チェックアウトは正午の鐘が鳴り終わるまでだ。それを過ぎれば追加料金をもらう」

そう言い残すと店主は部屋から去っていった。

「——……ふぅ」

店主が去ると、継人は部屋に鍵をかけ、ベッドに飛び込み一息ついた。

今日という日は、継人の人生の中でもっとも激動の一日だったことは間違いない。

下校中に事故に遭い、そこで死んだはずが洞窟にいて、洞窟を出てみれば地球じゃなかった。

何が起こっているのか、これからどうなっていくのか、地球に帰ることができるのか、まだ何も分からない。

それでもたった一つだけ分かることがある。

拳をグッと握りしめ、パッと力を抜く。

白くなった手のひらに血が流れて赤く色付いた。

「生きてる」

そのことに何よりホッとした。

ここがどこだろうが、何が起こっていようが、生きているのだ、間違いなく。

継人はもう一度深く息をつくと、ベッドに体を沈み込ませた。

そのまましばし心地よい感触を楽しんでいたが、彼自身も気づかない疲労がたまっていたのか、いつしかその意識まで柔らかいベッドに沈んでいった。

第五話　ダンジョン

カラーン、カラーン、と澄んだ鐘の音が遠く響いていた。

その穏やかな音色に釣られるように、継人の意識はまどろみの中から浮かび上がった。

「……んん、ふあぁぁぁ」

一つ大きな欠伸《あくび》をしたあとに、継人はベッドから体を起こす。

どうやらいつの間にか眠ってしまったようだ。

継人はボーッと部屋の中を見回した。

部屋に光源は無かったが、窓からはうっすらとした明かりが射し込んできていたので、それなりに見通しはきく。

それでも薄暗いので、おそらくはまだ明け方なのだろう。

「……喉渇いたな」

結局、昨日は何も口に入れないで眠ってしまったので、渇きと空腹が酷かった。

干し肉があったことを思い出したが、食事よりも先に水で渇きを潤したい。しかし、部屋を見回しても水差しらしきものは見当たらなかった。

（そういえば風呂があるんだったな。ならそっちに水もあるか？）

八畳ほどの部屋に、入口とは違う扉がもう一つある。

その扉を開けるとすぐ目の前に洗面台があった。その隣が風呂で、奥がトイレのようだ。

「水道……だよな？」

洗面台には蛇口らしきものが付いているが、これは水道なのだろうかと首を傾げる。

とりあえず、と奇妙な形状の蛇口を捻《ひね》ってみると普通に水が出た。

間違いなく水道のようだ。

電灯のようなものがあったり、水道があったり、この星にはそれなりの文明度はあるらしい。

しかし、問題はこの水が飲めるものなのかどうかだ。

継人は蛇口から出る水を手に掬《すく》うとまじまじと観察する。透明できれいな水だ。変な匂いもしない。見た感じは飲んでも問題はなさそうだが、実際はどうなのだろうか。

日本では問題なく飲める水道水だが、実は飲めない国も多い。地球ですらそうなのに、こんな謎惑星の水道水など普通に考えたら飲めるはずがない。

継人はしばらく悩んでいたが、悩んでいても分かるわけがないと気づき、素直に聞きに行こうと一階フロントに向かった。

「……早いな。チェックアウトか？」

一階の食堂で欠伸まじりに木のコップを傾けていた店主が、継人に気づくと声をかけた。

「いや、水が飲めるか聞きに来ただけだ」

「食堂は駄目だと言ったはずだぞ」

「ああ、違う違う。部屋の水だ。水道水は飲んでも平気か？」

「水道の水か。問題ないぜ。ウチの水は全て飲料水だ」

「そうか。――あ」

安心して部屋に戻ろうとした継人だったが、ふと気づいたことがあり足を止める。

「なあ、このあたりで何か働き口に心当たりってあるか？」

継人は店主に尋ねた。

水も食料も寝床も、今は運良く確保できているが、それも昨日偶然に金を手に入れることができたからだ。だがその金も今のままでは三日ほどで尽きる。

その前に地球に帰る手段が見つかればいいが、なぜ自分がこんなところにいるのかすら分からない継人が、三日以内に帰る方法を見つけ出せる可能性は限りなく低いだろう。

そうであるならば、継人が現状まず最優先でやらなければならないことは――仕事だ。

三日という刻限を延ばすところから始めなくては、野垂れ死ぬことになる。

「働き口か。……普通ならギルドに行けって言いたいところなんだが、お前じゃ無理だろうしな」

ギルドというところに行けば仕事があるらしいが、店主から見て継人は眼鏡に適《かな》わなかったらしく、はっきりと無理だと言われる。

一瞬、ムッとした継人だったが、現役の高校生だった身から考えれば、確かに大した仕事ができるとは自分でも思えなかったので、口をつぐむしかなかった。

「そうだな、どうしても仕事がほしいなら、この店を出て右に道なりにまっすぐ進んで、そこから山を少し登った場所に〝ダンジョン〟がある。そこで魔力鉱石の採掘をやってるから行ってみろ」

店主の言葉を聞いて継人は固まった。

魔力鉱石の採掘は知っている。十中八九昨日の洞窟のことだろう。

継人は実は今日はその洞窟に向かう気でいたのだ。

露店商の話で魔力鉱石の採掘は人手不足らしいことは分かっていたし、昨日の様子から自分一人が紛れても問題ないだろうと考えたからだ。

店主に働き口を尋ねたのは、ここにはどのような仕事があるのかという情報収集の一環のつもりだった。もちろん良い働き口があるなら飛びついたかもしれないが、端《はな》から期待はしていない。あくまでも思いつきの世間話程度の気持ちで尋ねたのだ。

だというのに、店主から返ってきた言葉には継人が驚愕《きょうがく》する単語が混ざっていた。

「……ダンジョン？」

確かに継人にはそう聞こえ――いや、継人の脳には店主の異言語がそう翻訳されて伝わった。

（ダンジョンって、あのダンジョン？　モンスターがいて、お宝が眠ってるアレのことだよな？）

「ダンジョンって言ってもそこまで心配しなくていい。採掘をするだけなら一階層で充分だし、その一階層だって冒険者が定期的にモンスターを間引いてるから、奥まで行かなきゃ大して危険はない」

魔力云々という言葉が飛び交っていた時点で一番怪しくはあったのだが、それでも可能性としては、一番ありえないと継人は思っていた。

それほどまでに、その響きは現実感がないのだ。

「魔力。ダンジョン。冒険者。モンスター……」

どうやらここはファンタジー世界らしかった。

*

正午を知らせる鐘の音を背に、継人は階段状の山道を上り、昨日の洞窟へと向かっていた。

（危うく追加料金を取られるところだった……）

正午の鐘が示すとおり、現在は継人が目覚めてから、かなりの時間が経過している。

入浴や洗濯などに思ったよりも時間を取られてしまったのだ。

特に、石鹸《せっけん》もなかったせいで、お湯でジャブジャブと濯《すす》いだだけの洗濯とも言えぬ洗濯をした制服と下着が乾くまでに、多大な待ち時間が必要だった。

（次から洗濯は夜のうちに済ませよう）

継人はそう決意しながら、木漏れ日の溢れる階段を足早に上っていった。


「――やあ、おはよう。昨日は無事泊まれたかい？」

広場を歩いていると露店商が人好きのする笑顔で声をかけてきた。

「おかげさまでな」

継人はそのまま露店の前で足を止める。

買いたい物と聞きたいことがあった。

「とりあえずドライフルーツをくれ。あ、袋もな」

銀貨を一枚手渡しながら継人は言った。

昨日買った干し肉は今朝方食べたが、固い上に塩辛いので半分ほどはまだ腰の袋の中だ。

補充はなくなってからでいいだろう。それよりも塩辛さの口直しに甘い物がほしかった。

「銀貨一枚分ならこの匙を使ってよ。それで一杯五ラーク。袋が三十ラークだから、十四杯だね」

露店商から昨日の一杯一ラークの小匙よりも大きなスプーンを渡される。

小さなスプーンだと七十杯も掬わなければならないので手間だからだろう。

「ツルハシとバケツはあそこで買えばいいのか？」

継人がカラフルなドライフルーツを袋に詰めながら顎で指し示す。

洞窟の入口の横にはバケツが大量に積まれていた。

「バケツは勝手に使って構わないよ。でも換金するときには返すようにね。ツルハシはあのバケツの山の横にある建物の中で買えるよ。……確か、銀貨三枚だったかな」

「なるほど。あと水筒とか売ってるか？」

「水筒はないけど、水袋ならあるよ。銀貨二枚ね」

露店商はそう言うと継人に革の水袋を見せた。

袋というよりは、三角形のハンドバッグのようなそれは、しっかりとした作りの良い品物であるようだった。その分、多少は値が張るが、自販機やコンビニなど存在しないのだから、水分は持ち運べるようにしておきたい。

継人は銀貨二枚を支払い、水袋を受け取った。

「まいど。水だったら、あのツルハシを売ってる建物の前にある水道なら自由に使えるから、あそこで汲《く》むといいよ。ちゃんと飲料水だから安心していい」

「分かった。じゃあな」

「うん。頑張ってね」

継人は早速水道から水を汲んだ。

一リットルほどの水が漏れることもなく袋に入る。

継人は満杯になった水袋を、干し肉やドライフルーツの袋と同じく、袋から伸びた紐《ひも》をベルトに括《くく》り付《つ》けることで腰からぶら下げた。

そのまま水道が引かれた建物を覗《のぞ》くと、そこには大量のツルハシとスコップが並んでいた。

昨日、魔力鉱石の買い取りをしていた者たちと同じ小綺麗《こぎれい》な服装をした男が店番をしていたので、ツルハシの値段を尋ねると、やはり銀貨三枚だと言う。

値段はそれなりだが、買わない手はないだろう。

継人は特に迷うこともなく支払いを済ませた。

右手のツルハシを重そうに肩に担ぎ、左手にはバケツを持って、継人は洞窟——もといダンジョンの入口となる階段の前に立った。

諸々《もろもろ》の出費で残金は千二百六十一ラーク。

ここで稼げなければ、今日、明日で破産することになる。

モンスターの存在を考えると尻込みしそうになるが、奥まで行かなければ危険は少ないとの話であったし、それが事実であることは昨日ダンジョン内をうろついた継人自身が図らずも証明している。

継人は一つ息を吐き気合いを入れるとダンジョンの階段を下りていった。

第六話　どや顔

相変わらず謎の光に満たされ見通しの良いダンジョン内を進みながら、継人は首を傾げていた。

(どこを掘ればいいんだ?)

このあたりの壁を適当に掘れば魔力鉱石が出てくるのか。あるいは決まった場所を掘らなければ出てこないのか。

他の者は続々と奥へと進んでいる。入口付近で採掘を行っている者は一人もいなかった。

(まあ初日だし、他の人間を参考に行動すればいいか)

継人は採掘人たちに従って、自らもダンジョン内を進んでいった。

そのまま数分も進まない間に、左右の分かれ道に差し掛かった。

そういえば自分は右の道から出てきたのだったな、と継人がそちらに目をやっていると、他の者は迷うそぶりも見せずに、継人が見ていた道とは反対側の左の道へと進んでいく。

継人はその様子を訝《いぶか》しんだ。

右の道を進んだ先でも石は採れる。事実、継人が昨日売った魔力鉱石とエーテル結晶はそこで採掘した物だ。だというのに右に進む者は一人もいなかった。

(どういうことだ?)

考えられるとすれば、左に進んだほうが石が多く採れる場所がある。あるいは左に進んだほうが安全に採掘できる。それくらいしか思い浮かばない。

一瞬考え込んだ継人だったが、初日だから他の人間を参考に行動するのだった、と思い出し、自分も左の道へと歩を進めた。

このダンジョンは、高さ幅ともに四、五メートルほどもある道が延びた広い洞窟だが、左の道を進んでたどり着いた場所はさらに広かった。

天井は倍以上の高さになり、幅、奥行きともに五十メートルを超える部屋は、およそ洞窟内部とは思えないほどの、とんでもない広さを誇る空間だった。

そこでは、継人が確認できるだけでも百をゆうに超える人間が採掘に勤《いそ》しんでいた。

その光景はまさに採掘場といった風情であった。

壁にツルハシを振り下ろす人々を眺めながら、継人も自分が採掘できるポイントを探す。とはいっても、良いポイントを見分けられるわけではないので、適当に空いている場所を探すだけだ。

キョロキョロと物色しながら歩いていると、明らかに周りの採掘人とは毛色の違う集団とすれ違った。

男三人と女一人の四人組だった。

全員ツルハシもバケツも持っておらず、その代わりとでもいうように、腰に剣を差し、体には革製の鎧《よろい》を身につけていた。

継人は宿屋の店主の言葉を思い出す。

「ダンジョンのモンスターは冒険者が間引いている」

確かそう言っていたはずだ。

（あれが冒険者か？）

継人が四人組をまじまじ観察していると、彼らはまっすぐに広間の出入口に向かい、そのまま去っていった。

剣にレザーアーマー。ああやって装備を整えてモンスターと戦うのだろうか。もしかして魔法なども あったりするのかもしれない。

戦っているところを見てみたい誘惑に駆られたが、自身の残金を思い出して、グッと我慢した。好奇心よりもまずは生活費である。

継人は誘惑を振り切るように一度ツルハシを担ぎ直すと、空いている壁に向かって歩き出した。

＊

広間には百人を超える採掘人の姿があった。

汗を垂らしながら壁にツルハシを振るう者。崩れた壁から魔力鉱石をより分けている者。いっぱいになったバケツを満足げに撫でている者。

広がる景色は、ここがダンジョンであることを忘れさせるものだ。

そんな鉱山の一幕にも似た景色の中、一人佇む男がいた――。

「なんで……」

継人である。

彼は現在途方に暮れていた。

継人が壁を掘り始めてすでに一時間が過ぎようとしていたが、彼が見つめるバケツの中には魔力鉱石が僅かに二個。

露店商が言うには、魔力鉱石一個の相場は大銅貨一枚、十ラークである。

そして竜の巣穴亭の一泊の値段が五百ラークなのだ。

このままのペースだと、継人は一日の宿泊費を稼ぐのに二十四時間採掘を続けてもまだ足りない計算になる。しかも食費は別でだ。

継人は横目に他の者たちのバケツを覗いてみるが、そこにはそれなりの量の魔力鉱石が収まっていた。

つまりは継人だけが収穫が少ない状況にあった。

(場所が悪いのか？　だとしたらどこなら……)

いくら見比べても壁に違いなど見当たらない。

これはもう手当たり次第掘り返すしかないのか。

継人が悲壮な覚悟を決めかけたとき――

「……ここ」

すぐ近くから声が聞こえた。

その声に釣られて継人は視線を向ける。

そこにいたのは少女だった。

いや、幼女と言ってもいいかもしれない。

真っ白なくりんくりんの巻き毛。如何《いか》なる感情も読み取れない眠たげな半眼。表情は乏しかったがそれでも隠し切れないほど愛らしい顔。色褪《いろあ》せて所々ほつれたチュニックを身につけ、小さな体にはそぐわない大きなスコップを抱えている。

ここまでですでに特徴的な少女だと言えるが、継人が印象的だったのはそれらの特徴ではない。

彼女の耳は尖《とが》っていた。

横に長く、およそ人間の耳とは思えない。

そして尖った耳の上、側頭部からは角が生えていた。

白い巻き毛に負けないくらいに、くりん、と巻かれて、もはや尖端《せんたん》がどこなのかよく分からない巻き角だった。

それは角といっても攻撃性はまったく感じられず、むしろ彼女の可愛《かわい》らしさを助長していた。

スコップを持って、足元にバケツも置いてあるので、おそらくはこの少女も採掘をしているのだろう。

少女がもう一度、

「ここがいい」

子供にしては落ち着いた声で、自らの正面にある岩壁を指差しながら、継人の顔を見上げた。

そこで初めて、少女は自分に話し掛けているらしいと継人は気がついた。

「俺に言ってるのか？」

「ずばり」

無表情なのに、なぜかしたり顔に見える何とも言えない表情で少女は答えた。

「その壁が……なんだって？」

「ここをほるべき」

簡潔に尋ねた継人に、少女もまた簡潔に答えを返した。

どうやら少女は継人にアドバイスしてくれているらしい。しかし少女は、なぜそこを掘るべきだと断言できるのだろうか。継人には自分が掘り進めた壁と何が違うのかまったく分からない。

「こっちじゃ駄目なのか？」

継人は自分が掘り進めた壁を指し示し、そこが駄目だと分かっていながらあえて尋ねた。

少女の言葉がキチンとした理由なしの発言、所謂《いわゆる》子供の戯《ざ》れ言《ごと》なら、この質問には答えられないだろう。

もし答えられないようだったら、この子供に真面目に取り合う必要はないということだ。

正直、このファンタジー種族らしき子供に興味を引かれないと言えば嘘になるが、だからといって、呑気《のんき》に遊び相手になってやれる余裕は今の継人にはない。

なにせまだ魔力鉱石が二個しか採れていないのだ。

「そっちはきのうほられてた。だからしばらくはむり」

少女の多少拙い言葉に継人は一瞬納得しかけたが、すぐにおかしいと気づく。

自分が掘り始める前までは、壁に掘削された形跡など無かったことを思い出したからだ。

継人もそれぐらいのことは確認したうえで採掘を始めたのだ。

「こらこら、テキトーなことを言うんじゃない。そんな跡が無かったことぐらい確認してる」

相手は小さな子供。泣かれても困るので継人はできるだけ優しく少女を叱った。

「むぅ、テキトーじゃない」

しかし、叱られた少女のほうは不満げだった。

継人に向ける半眼は眠たげなそれだが、そこには不満の色がありありと浮かんでいる。

「はいはい、そうだなテキトーじゃないな」

「むむ、しんじてない」

「いやだって、掘られた跡なんてなかったし」

「きのうだったから、もうきえた」

「いやいや無理があるだろ。なんで掘り返された跡が一日で消えるんだよ。しょうもない言い訳してないで、人に間違ったこと言ったんだから、素直にごめんなさいしろ」

「むぅ。……ほればわかる。こっちはでる」

少女は諦めずに、再度壁を指差しここを掘れと言う。

継人はその諦めの悪い少女にため息をつきながら、

「…………ちょっとだけだからな。それで石が出てこなかったら、諦めて余所《よそ》で遊べよ」

そう言って、示された壁にやる気のなさ全開の表情でツルハシを振り下ろした。

その一振りで崩れた壁の残骸を少女がスコップで削り、余計な部分を剝ぎ取っていく。

すると――

そこには魔力鉱石があった。

継人が一時間もかけて二個しか採れなかったその石が、僅か一振りで姿を現したのだ。

少女は青い粒が多量に含まれた石を継人に差し出した。

その際の少女の顔は一見すると無表情なのに、その実、勝ち誇った色が溢れているのが継人には分かった。

今にもフフン、と鼻を鳴らしそうなそれは――まがうことなきどや顔だった。
「お、おいおい……一個マグレで出たくらいで調子乗りすぎだからな、マジで」
そう言葉を絞り出しながらも、継人はまさか、と思っていた。
もう一度ツルハシを壁に向かって振り下ろした。
そして、そこからは二個目の魔力鉱石が出てきた。
僅か二振りで継人の一時間は否定された。
少女は手に持った石を自信満々に突き出しながら胸を張っていた。
継人は素直にごめんなさいした。

第七話　ダナルート

継人がツルハシで壁を崩し、崩れた壁の残骸を少女がスコップでかき集め、売りものになる魔力鉱石を選別する。選別の結果、値が付くと判断された石は、継人のバケツ、少女のバケツ、と交互に放り込まれていく。

そこには二人の完全な分担作業が成立していた。

「――壁が直るのか？」

継人は壁にツルハシを振りながら、少女に尋ねた。

一時は魔力鉱石が採れないあまり途方に暮れていた継人だったが、バケツにどんどん溜まっていく魔力鉱石の数に、作業をしながら雑談を交わす余裕まで取り戻していた。

「そう。ダンジョンのかべは、こわしてもかってになおる」

答えた少女は、むむむ、と手に持った石と睨めっこし、お眼鏡に適わなかったのか、そのままポイと投げ捨てた。

「――で、壁は復活しても魔力鉱石は復活しない、と」

「ふっかつはする。でも、かべがなおるよりもおそい」

少女に、なぜ魔力鉱石が埋まっている壁を言い当てることができたのかを継人が尋ねると、それはダンジョンの性質が深く関わっているとのことだった。

少女曰《いわ》く、ダンジョンは破壊しても再生するらしい。

いくら壁を掘り返したところで一晩もあればきれいに元通りになるというのだ。

前日に採掘が行われた壁に、継人が見たときには何の痕跡もなかったのは、そのダンジョンの性質が原因らしかった。

さらに、岩の壁と魔力鉱石では再生の間隔が異なり、壁はすぐに元通りになるが、そこで再び魔力鉱石が採掘できるようになるまでには、数日の間隔が必要だとのことだった。

採掘人はどこの壁が何日放置されているなどの情報を、個人差はあれどある程度は把握している者が多く、その情報を頼りに採掘する場所に当たりをつけるらしい。少女が示した場所を掘ると魔力鉱石がボロボロ出てきたのも、つまりはそういうことだった。

「――そろそろ、いっぱいだな」

「……たいりょう」

二人のバケツには溢れんばかりの魔力鉱石が詰まっていた。

「これでいくらぐらいになるんだ？」

「むぅ。……たぶん銀貨五まい、ぐらい？」

少女はこてん、と首を傾げながら答えた。

銀貨五枚ならば、ギリギリ宿に一泊できるだけの儲《もう》けでしかない。しかし、継人が少女と共に採掘を始めてから、彼の体感ではあるがまだほんの三、四時間ほど。

今日のように昼から来るのではなく、朝から採掘を始めれば、バケツ二杯分程度の魔力鉱石なら充分に確保できると思われた。

継人は、ふぅ、と息を吐く。

これでなんとか生きていく目処《めど》が立った。

「ありがとな。お前のおかげで助かった」

そう言って継人は少女の頭をポンポンと撫でた。

その手に返ってきた人の髪の毛とは明らかに違うふわふわとした感触に、継人はこの少女が普通の人間ではなかったことを思い出す。

そうこの感触は――

「羊毛？　お前って羊なのか？」

その継人の言葉を聞いた瞬間、無表情のまま黙って頭を撫でられていた少女が、むっと眉根を寄せた。

「し、しつれい。……羊じゃない。わたしは羊人族」

少女が怒っていた。羊人族ではあっても羊と呼ぶことはＮＧらしい。もしかしたら人間を猿と呼ぶようなものなのかもしれない。

継人は即座に失言を取り消した。

「悪かった。羊じゃなくて羊人族だな。もう間違えないから許してくれ」

継人が謝罪すると、少女の目からは抗議の色が消える。そして、コクリと一つ頷《うなず》くと、

「ゆるした」

無事許されたところで、継人と少女は帰り支度を始めた。

とはいってても荷物を整理したりするわけではない。採掘人たちの言う帰り支度とは、付近の採掘

状況の把握――記憶しておいたり、メモを取る者もいるらしい――を済ませることだ。これからの生活が懸かっているので、継人は広間の様子を真剣に記憶していく。

あらかた記憶できたかな、というところで継人は少女に視線を戻すが、少女の様子が少しおかしい。

両耳をピクピクと動かしながら、スコップを力一杯握り締めて、広間の出入口をジッと見つめている。

「どうした？」

尋ねる継人に、目線は出入口に固定したまま少女は答えた。

「……ダナルートがきた」

ダナルート？　と継人は首を傾げる。

継人はこの世界に来てから、知らない言語であっても翻訳されたように意味を理解することができていた。なのにダナルートという言葉の意味は分からなかった。

どういうことだ？　何が来る？　と継人も出入口の様子を注視し――

そこに現れたのは人間。

三人の男たちだった。

「は？　あれがダナルートか？」

「……そう。まんなかのやつ」

ダナルートとは人名だったらしい。なるほど、人名は翻訳しようがないな、と継人は納得した。

「で、あいつがなんなんだ？」

「……わるもの」

少女のそのセリフに、継人はギョッとして改めて男に視線を戻す。

その男、いや男たちは、バケツを持っているので一見採掘人に見えるが、ツルハシもスコップも持っておらず、その代わりに三人ともが腰に剣を差している。継人はその剣を見て、はじめは彼らが冒険者なのかと思ったのだが、昼間に見かけた冒険者たちと比べると明らかに雰囲気が違う。

昼間に見た冒険者たちは、剣にレザーアーマーとシンプルな出で立《た》ちの中に、戦いを生業にする者として無駄のない印象があった。だが、この三人組は真逆だ。だらしなく着崩された上下の服に、ただ剣を差しているだけ。これから戦いに行くわけでも、戦って帰ってきたわけでもないのは、明らかだった。

そんな三人組は、広間に入ってくるなりあたりをザッと見回すと、ニヤつきながら近くの採掘人に歩み寄っていった。

（……なんだ？）

継人が様子をうかがっていると――なんてことはない。それは要するにカツアゲの現場だった。ダナルートら三人組が採掘人の集めた石を巻き上げているのだ。

「なるほど、悪者か」

「……そう」

三人組はどうやら一人から根こそぎ石を奪うわけではなく、採掘人一人につき数個の石を奪い取ると、近くにいる次の獲物に歩み寄り、またその人物から石を巻き上げていた。それを繰り返しながら、自分たちのバケツに石を積み上げていた。

継人は一連の様子を訝しみながら見ていた。

石を奪われた採掘人たちにはありありと不満が見て取れるのに、逆らう者や逃げ出す者は一人もおらず、全員大人しく自分の石を差し出しているのだ。

なんでこいつらは抵抗しないんだよ――そう、心の中で彼らを責めるような思考がよぎったところで、継人は気づいた。

気づいて、笑ってしまった。

それを俺が言うのか、と。

彼らが抵抗しない理由は明らかだ。継人自身がよく知っていた。

それが一番安全だからだ。無難だからだ。被害が少なく済むはずだからだ。知っている。よく知っていた。そうやって金髪の男に屈した結果、継人は一度死んだのだから――。

そう、死んだのだ。今はこうして生きているから、あえて考えないようにしていたが、確かにあのとき死んだという実感が継人にはあった。

何の因果か、今は訳の分からぬ世界で呑気に明日の生活の心配などしていられるが、本来ならばありえない。継人はあそこで終わったはずなのだ。

理不尽に対して、媚びて、へつらった結果、無様に、間抜けに、みっともなく、馬鹿にされたまま、見世物にされて――失意と後悔のうちに終わったはずなのだ。

そんな自分が自分がどの口で彼らを責めるのだ。

自分のどの部分なら彼らを馬鹿にできると言うのだ。

継人はおかしくてたまらなかった。

今にも大笑いしそうだった。

けれども継人の顔はほんの少しも笑っていないことに、彼自身、気がついていなかった。

そんな継人を少女は見上げた。

先ほどまでは、鋭くても悪意や害意のない眼《め》をしていた少年が、今は暗く、濁った眼をしている気がした。

その眼の奥に、ドロドロとした、幼い少女には推し量れない何かが渦巻いているような気がして、不安になった。

ダナルートと継人を見比べながら、少女は不安を打ち消すように、ギュッとスコップを握り締めた。

第八話　ドロドロとしたもの

ダナルートら三人組は、採掘人から次々と魔力鉱石を巻き上げていき、ついには継人たちの前にまでやってきた。

「おら、一人石十個だ。さっさと出せ」

そう言ったのは、三人組の中で一番背の小さな男だった。

「……ださない」

答えたのは少女。

本人は眉根を寄せて、精一杯に男たちを睨みつけているつもりだったが、如何《いかん》せんその可愛らしい顔には迫力が不足していた。

「……またお前かよ羊のガキ。いいかげんに分かれよ。これは正当な料金なんだ。俺たちが苦労してモンスターを狩ってやってるから、お前らがのんびり石を掘れる。その代金だ。払うのは当然だろ？」

「うそ。きょうは冒険者がきてた。おまえらはなにもしてない」

少女の返答に男は、チッ、と舌打ちする。

そこに、

「いいから出せっつってんだよッ！　ガタガタぬかすなクソガキがッ！」

三人組の中で一番大柄な男――ダナルートが声を荒らげて割り込んだ。

「……う、うるさい。ださないっ」

身長百九十センチに迫る大柄なダナルートに凄まれ、怯《ひる》みながらも、少女は魔力鉱石を差し出すことを拒否する。

そんな少女の態度に腹を立てたダナルートは、額に青筋を浮かべて、彼女の胸倉に腕を伸ばそうと一歩近づこうとし、

――咄嗟《とっさ》に前に出しかけた足を止めた。

刹那、ダナルートの顔の前を拳大の石が高速で横切っていった。

それは足を止めたダナルートのすぐ目の前、鼻先数センチの場所だった。もし咄嗟に足を止めていなければ、彼の顔に石は直撃していただろう。

その事実をダナルートが理解した瞬間、ガリッと、硬い何かが擦れる音がした。それはダナルートが奥歯を噛《か》み締《し》める音だった。彼の表情は完全に怒りに染まっていた。

飛んできた石の軌跡をたどるように、鬼の形相を動かす。

そして、その先にいたのは――

継人だった。

「今のは、テメェか……？」

ダナルートの怒りに震えた問いかけを聞きながら、継人も胸中で、自分自身に向けてまったく同じことを聞いていた。

（……俺がやったのか？　なんでだ？）

分からない。気がついたらすでに石を投げていた。

別に少女を助けようとしたわけではないと思う。

かといって他に何か明確な理由があったわけでもない。

ただ、しいて言うなら――吐き気がしたのだ。

相手は三人だ。しかも剣で武装している。どう考えても勝ち目は薄い。逆らえば、殺される可能性だってある。だったらさっさと石を差し出せばいい。たかが魔力鉱石十個。日本円に直したらおそらく千円そこそこの価値にすぎない。そんなはした金で危機を回避できるのだ。何を迷う必要がある――……。

そんな風に、次々と言い訳を並べ立ててビビっている自分自身に、継人は吐き気がしたのだ。

だから拒否した。

己の奥底に蠢《うごめ》く衝動に従い、そんな自分を許さなかった。

「俺に石を投げたのは、テメェかって聞いてんだよッ！」

「石がほしかったんだろ？　なんか文句でもあんのかよ」

明らかな挑発。それ以外の受け取り方をするのが不可能な継人の返答に、ダナルートは怒りのままに襲いかかる――かと思われたがそうはならなかった。

ダナルートは襲いかかるのを一瞬躊躇し、ギリギリのところで踏《ふ》み止《とど》まっていた。

荒事の中に身を置いて生きるダナルートら三人にとって、継人には見過ごせない、警戒すべき〝ある特徴〟があったからだ。

「ダナルートさんっ！　そいつ――〝タグ無し〟だ……！」

三人組の残る一人。長身ではあるが手足が細く、全体的にヒョロリとした印象の男が、ダナルートに警告するように声を飛ばした。

継人のことを「タグ無し」と呼び、警戒するような視線を向けている。

「…………マジだ。ダナルート、もうほっとかねぇか？　レーゼハイマの奴隷だけでも手を出しにくいのに、そこにタグ無しなんて割に合わねぇよ。たかが銀貨一、二枚の話でさぁ」

はじめに声をかけてきた小男も同じく、継人を嫌なものでも見るように眺めながら、ダナルートに言葉を向けた。

しかし――

「んなことしたら舐《な》められるだけなんだよォ！　テメェらは黙ってろォ‼」

ダナルートは仲間の言葉にさらに怒り、怒鳴りつけた後に継人に視線を戻した。

「おいタグ無し。タグ無しが舐めた真似して、どうなるか分かってんだろうなァ……？」

さっきからタグ無しとは何のことだ、と継人の冷静な部分は思ったが、すぐにどうでもいいと結論を下した。そんなことよりも今はこの状況を打開するほうが大事だからだ。

しかし、それが難しかった。なにせ継人本人が一歩も引く気がないのだ。

継人の冷静な部分が、「謝罪」「逃走」「助けを呼ぶ」……と、次々に案を出すが、継人の冷静ではない部分がゼロ秒でそれらを却下していく。

案を考慮すらせず拒否する継人にも、彼の理性は諦めず声をかけ続けたが、その声が頭の中に響くたびに、継人の奥底ではドロドロと何かが蠢き、その不快さが際立った。

「うるせぇよ。黙れ」

その言葉を向けた先はダナルートだったのか、あるいは内なる理性になのか。継人自身にも分からなかったが、どちらにしたところで、その言葉は火に油をそそぐことにしかならない。

「殺されるぞ！」と叫ぶ冷静な継人を、「それがどうした？」と彼の奥底で蠢く何かが吐き捨てる。

分かっている。確かにこのままでは最悪殺されてしまうだろう。

だが、〝最悪〟で殺されるだけなのだ。

一度経験したあの死に方に比べれば、媚びて尻尾を振った挙句に見世物にされて死んだアレに比べれば、立ち向かって殺されるそれのどこが最悪だというのか――。

継人は己の奥底で蠢く何かに後押しされるように、普通ではありえない決断を下した。

決断した彼の口元には笑みが浮かんでいた。

悪態をつき、あまつさえ笑みを浮かべる継人に、ついにダナルートの中の線が一本キレた。

「そんなに死にてえならッ、殺してやるよッ‼」

叫びながらダナルートは腰の剣に手を伸ばす。

それを見た継人はさらに笑みを濃くした。

そのまま斬りかかってこい。そう継人は思っていた。

躱《かわ》す気はなかった。防御する気もなかった。彼はそのまま体で受け止めるつもりだった。

剣に向かっていき、体で受け止め、そのまま無防備になったダナルートの――目玉をえぐる。

そう、継人の下した決断は捨て身と呼ぶべきものだった。たかが魔力鉱石十個を渡す渡さないの話で、彼は命を投げ出す決断を下してしまった。

そんな継人に彼の冷静な部分は、「馬鹿げてるだろうッ！」と悲鳴にも似た叫び声をあげているが、先ほどまでは不快で仕方のなかったその声が、今は心地よい。その心地よさに継人の口角はますます吊《つ》り上《あ》がった。

暗い笑みをたたえる継人が眼球をえぐるために指に力を込める。

同時にダナルートの指が剣にかかった。

そこに――

二人より早く、横合いから飛び出した少女が、スコップでダナルートに殴りかかった。

少女が振り下ろしたスコップが、剣を抜こうとしていたダナルートの右腕を正確に捉える。

「ぐ――――この、ガキがあッ!!」

痛む腕を押さえたダナルートが、怒りの雄叫《おたけ》びとともに、少女の腹を思いっきり蹴り上げた。

少女の小さな体は嘘のように吹き飛ぶ。宙を舞い、地面に叩きつけられ、手の中のスコップは飛んでいき、それでも止まらず地面を転がった少女は、最終的には十メートル以上も吹き飛んだ。

一連の光景を継人は茫然《ぼうぜん》と見送っていた。

「……う、うぅ」

腹を押さえて呻《うめ》いた少女を見て、継人の思考が動き出す。

なんで……?

明らかだった。

継人を助けたのだ。

継人を助けようと割り込んできて、ああなったのだ。

倒れ伏す少女を見て、それを理解した瞬間――

ドロリ、と自身の奥底から何かが溢れてくるのが分かった。

そのドロドロとしたものが何だったのか、継人はやっと思い出した。

＊

一方、少女を蹴り飛ばしたダナルートはまだ腹の虫が収まらなかった。

怒りに任せて腰の剣を抜き放つ。その瞬間、スコップで殴られた彼の右腕にズキリと痛みが走り、その表情はさらに怒りの色を強くした。

手に持った剣で、今すぐにでも少女の首を切り落としてやろうと思ったダナルートだが、さすがにこの場所ではまずいと理性が働いた。こんな衆人環視の中で少女を殺せば、後々言い逃れのしようがなくなる。

だったらこの怒りをどこにぶつければいいのか。

考えるまでもなく、答えは一つしかなかった。

（もう一人いるじゃねえか。それも、殺しちまってもまったく問題の無い相手――タグ無しがよ）

ダナルートは嗤《わら》った。これから流れる血の色を想像して嗤った。己の中に渦巻く怒りを愉悦に変換して嗤った。

嗤ったまま剣を握り直し、己の視線を継人へと向けた――そして、

『眼』が合った。

ダナルートが『そこ』に見たものは闇だった。

殺意と、憤怒《ふんぬ》と、後悔を、煮詰めて煮詰めて煮詰めて煮詰めて煮詰めて煮詰め尽くして、真っ黒くドロドロになった――〝呪い〟の塊が『そこ』にはあった。

それを目にした瞬間、ダナルートが直前まで抱いていた暗い愉悦も激しい怒りも、全てどこかに消《き》え失《う》せてしまった。

目の前の闇に比べれば、自分に今向けられている呪いに比べれば、そんなものは子供の癇癪《かんしゃく》に等しいと彼は悟った。

ダナルートの全身を怖気《おじけ》が包む。噴き出す冷や汗が止まらない。知らないうちに、彼は一歩後ずさっていた。

そんなダナルートの様子を仲間の二人が訝しんだ。

剣を抜いたというのに、ダナルートは継人と睨み合ったまま、一向に斬りかかる気配を見せない。

彼が気の短い男であることを知っている二人からすれば、それは明らかに異常だった。

もしかして、あのタグ無しに何かあるのか？　と継人に目を向けても分からない。特に体が大きいわけでも強そうなわけでもないただの少年が、ダナルートを静かに睨んでいるだけにしか二人には見えなかった。

「……ダナルートさん？」

仲間の一人、ヒョロリとした男がたまらずダナルートの後ろから声をかける。

するとその声がきっかけになったのか、ダナルートが一歩、また一歩と後ずさり、そこまで下がってくると仲間の二人にも彼の横顔がうかがえた。

「――――ッ⁉」

ダナルートの顔は蒼白《そうはく》と言ってよかった。血の気が引いて、汗が噴き出し、瞳は焦点が定まらないのか、グラグラと揺れ動いていた。

「お、おいっ⁉ ダナルートどうした――」

尋常ではない様子のダナルートに驚き、強い口調で呼びかけた仲間だったが、彼の次の行動に唖然としてしまい、言葉が途切れた。

ダナルートは突然反転すると、脇目もふらずに広間の出口に向かって走り出したのだ。

「――は？」

「えっ⁉」

予想もしなかった出来事にポカンと呆《ほう》ける仲間二人を置いて、ダナルートは全力で走った。

とにかくここから――あの男の『眼』の前から離れないと大変なことになる。

自身の本能が発する声に従い、ダナルートは走った――いや、逃げたのだ。

訳も分からず置いていかれた彼の仲間たちは、訳も分からずその後を追いかけることとなった。

出口の向こうに消えていくダナルートの背中を、継人は最後まで睨んでいた。

第九話　残金

ぐらぐらと揺れている。

どうしたんだろうと思った。

でも、揺れが心地よかったので気にしないことにした。

「――――ろうな」

「――――っと、――――せな」

誰かの話し声が聞こえる。

なんだろうと思った。

でも、大丈夫な気がする。

「――飲めるか？　頑張って飲め」

口の中に何か入ってきた。

口の中がしゅわしゅわする。

飲み込むとお腹《なか》の中もしゅわしゅわした。

――

――

――……


少女の目がゆっくりと開いていく。

その様子を見守っていた継人は、大きくため息をついた。

「大丈夫か？　痛いところないか？」

「……しゅわしゅわ」

「は？　……しゅわ？」

少女の安否を確認しようとした継人が、彼女が口走った謎の言葉に混乱していると、彼の横合いから、しわがれた声が響いた。

「だから大丈夫だって言ったろうに。散々人のことを詐欺師扱いしおって」

声の主は老婆だった。長い白髪を後ろでまとめ、その身には灰色のローブを纏《まと》っている。年齢は七十代か八十代か。顔に幾重にも刻まれた深いしわが、見る者に彼女が歩んだ人生の道のりの永さを感じさせる。

老婆は深いしわを眉間の位置でさらに深くし、憤りながら継人に詰め寄った。

「ほら、さっさと大銀貨二枚置いて帰りなっ。もうとっくに店じまいの時間だよっ」

「やかましいぞババア。まだしっかり治ってるのか確認できてないんだから黙ってろ」

「ババ――――ッ！」

ギャアギャアと揉《も》める継人と老婆を、少女は不思議そうに眺めながら、自らが横になっていたソファーから身を起こした。

そこに継人は再度、安否を気遣う声をかける。

「平気か？」

「……へいき」

少女は継人の問いかけに、こくり、と一つ頷き答えた。

その返答に改めてホッとする継人をよそに、少女はぼんやりとした半眼であたりをキョロキョロと見回す。

少女の目に映ったそこは、もはやその広さすら曖昧なほどに雑然とした部屋だった。

屋内でありながら壁の位置がどこなのか確認できないくらいに、用途不明な品物の数々が所狭しと並べられ、積み上げられている。唯一しっかりと確認できるのは天井ぐらいのものだった。

「――どこ？」

くりん、と首を傾げる少女の端的な質問に継人は答えようとしたが――

「ここは街の――、街のー……、なんとかっていう道具屋だ」

「ハイネ魔道具店だよ！」

継人の雑すぎる返答に、老婆がつっこむ。

老婆の言葉どおり、ここは魔道具と呼ばれる特殊な道具を商うベルグの大通りにある店舗である。

なぜ継人たちがそんなところにいるのかといえば、それは少女の治療のためだった。

ダナルートが逃げ去った後、継人はすぐに少女に駆け寄ったが、そのときすでに少女は意識を失っており、継人が呼びかけても目を覚まさなかった。

そこで、ダンジョンの外にいたドライフルーツの露店商に話を聞き、ここに連れていけとハイネ魔道具店を紹介され、少女を背負ってこの店までやってきたのである。

店に入って店主の老婆に事情を話し、金属製の試験管のようなものに入った液体を渡され「それを飲ませれば治る」と言われたときは、事前に伝えられた大銀貨二枚という高額の代金と相まって、詐欺ではあるまいなと疑った継人だったが、治らなければ金は払わないと了承させて、その液体を飲ませてみた結果が今であった。

「──というわけで、治ってないよな？」

「ん？　なおった」

「本当か？　無理してないか？　してるよな？」

「してない」

「してるって言っとけ」

「？」

「──聞こえてんだよ小僧っ！　なに料金踏み倒そうとしてんだいっ！」

堂々と治療費を踏み倒そうとする継人に老婆がキレた。

「冗談だ。そんなに興奮すると血管切れるぞ」

「誰のせいだっ！　……はあはあ」

怒鳴りすぎて息を切らす老婆の様子に、継人は悪ノリがすぎたかと反省した。少女が無事目覚めたことで、テンションがおかしくなっているのかもしれない。

「ああ、悪かった。婆《ばあ》さんには本当に感謝してる。おかげで助かった。――ほらお前もお礼言え」

「……ありがと」

ぺこりとお礼を言う少女は可愛らしく、さすがの怒れる老婆も僅かに目元を和らげる。

「……ふん。いいのさ。商売なんだしね」

若干照れたように言う老婆に、これはチャンスだと継人は言葉を続ける。

「助かったついでに、ものは相談だが代金をまけてくれ。――ほらお前もお願いしろ」

「……まけてください」

ぺこりとお願いする少女は可愛らしく、さすがの老婆も――

「さっさと金払って出ていきなっ――!!」

二人は追い出された。

もちろん、支払いはびた一文まからなかった。

＊

ツルハシを持つ継人と、スコップを持つ少女は、並んで魔道具屋の前にぽつりと佇んでいた。

あたりはもう夜の帳《とばり》が下りている。それでも、道の所々に明かり――宿で見たような提灯型の電灯のようなもの――が設置されており、さらにはカンテラのような物を持って歩いている者たちが、それなりの数確認できるので、真っ暗というほどではない。

そんな中、継人は己の手の中に視線を落とし、ため息をついた。彼の手のひらの上には二百六十一ラーク。

彼が老婆に支払いを渋ったり、まけてくれとせがんだりしたのは冗談ではなかった。半分以上が本気だった。

継人の元々の所持金が千二百六十一ラーク。二人で採掘した魔力鉱石は、買い取りの列に並ぶ時間が惜しかったので、渋る露店商に半ば無理矢理引き取ってもらい、それが千ラーク。そして、少女を治療するための薬の値段が二千ラーク。つまり残金二百六十一ラークと相成るわけであった。

今晩は野宿するしかなさそうだった。もう一度ため息をつく継人に、少女が傍らから声をかける。

「……だいじょうぶ？」

「ああ、大丈夫だ。うん、たぶん」

そう答えながら継人は気づく。そういえばこの少女を家に送り届けないといけない。意識が戻ったとはいえ、病み上がりではあるし、まだ幼い少女を暗い中に放置するわけにもいかない。

「お前、家どこだ？　送ってくぞ。道は知らんけど」

「家？　家はない」

さらりとそう答える少女の言葉に、継人は一瞬意味が分からず思考が止まる。

「は？　無い…………無いって、家がか？」

継人の確認に対して、こくり、とまるでなんでもないことのように、変わらぬ無表情で少女は頷いた。

「……じゃあ、普段どこで寝てるんだ？　つーか親は？」

「いつもは宿舎でねてる。おやはおとうさんがいるけど、いまはどこにいるのかわからない」

どこに居るのか分からないとはどういうことだ、と継人は内心首を傾げるが、問題はそこではない。親がどこにいるのか分からないということは、つまり彼女は現在――

「もしかして、お前は一人で働いて生活してるのか？」

「そう」

事もなげに答える少女に継人は愕然《がくぜん》とした。

二桁の年齢に達しているかも怪しい少女が、一人で働いて生きているというのは、現代日本人である継人の常識からはおよそ考えられないことだった。

「……その宿舎ってのはどこにある？」

「ダンジョンのまえにあるやつ。銀貨三まいでとまれて、おとく」

ダンジョン前か、と呟《つぶや》きながら、継人はダンジョン前の広場に木造のボロい建物が数棟並んでいたことを思い出していた。そのいずれかに少女は寝泊まりしていたのだろう。

そこまで彼女を送っていきたかったが、しかし日が落ちた現在、山道であるダンジョンへの道のりを進むのは危険すぎる。おそらく一メートル先も見えない中を進まなければならないだろう。

そもそもたどり着けたところで、継人の所持金は銀貨三枚に届かないので、少女の宿泊費を出すことはできない。

「……………………」

手のひらに乗せた二百六十一ラークを見つめながら考え込む継人を見て、少女はその理由をなんとなく察していた。自分のために高い薬を買ったせいで、きっとお金がなくなってしまったのだろう、と。

そんな賢い少女は、己のチュニックの中に裾から手を入れゴソゴソと探ると、そこから一つの小さいポーチを取り出し、継人のシャツをくいくいと引っ張った。

ん？　と目を向ける継人に、少女はポーチの中にあった銀貨三枚と大銅貨二枚を差し出した。

「お、お前、その金どうしたんだっ？」

食いぎみに尋ねた継人に、少女は、

「あさのやつ」

と端的に答えた。

継人は昼から採掘を始めたが、少女は朝から採掘を行っており、すでに一度、石の換金を済ませていたのだ。

「これをつかうべき」

そう言って金を差し出す少女を眺めながら、彼女に助けられるのはこれで何度目になるだろうかと継人は考えていた。

第十話　タグ

竜の巣穴亭の一室。

遠く響く鐘の音に誘われるように継人のまぶたがうっすらと開いた。

判然としない意識のまま、ぼんやりと天井を眺めた継人は、ふいに頬のあたりに何かふわふわとしたものが当たる感触に気づいた。

なんだろうと視線を向けると――それは少女の髪だった。ふわふわの白い巻き毛が継人の頬をくすぐっている。まるで羊毛のようなその髪は、心なしか昨日ダンジョンで撫でたときよりも、さらにふわふわになっている気がした。いや、それはいい。継人が気になったのはそこではない。

少女は全裸だった。

なぜかすっぽんぽんになった少女が、継人の上で彼にひしっとしがみつきながら眠っていた。

「――――は？」

継人の短い疑問符には、すぴー、と呑気な寝息が返ってくるのみだった。


少女が渡してくれた金のおかげで、部屋を取れたことはハッキリと覚えている。部屋で風呂を発見した少女が目をキラキラさせて「お風呂に入りたい」と言っていたのも記憶にはある。それなら飯を食ってからにしろ、と言って少女に干し肉を渡したことも覚えている。干し肉をまずそうに食べていたので、ドライフルーツを渡すと喜んで食べていたこともなんとなく覚えがある。それを見て、羊だから草食なのか？　と思いながら、干し肉をかじり、ベッドの上でごろごろと――……、昨夜の記憶はそこまでだった。

どうやらいつの間にか眠ってしまったらしい、と継人はベッドから体を起こす。そのまま部屋を見回すと、備え付けの物干し竿《ざお》に服がかけられていた。少女は風呂に入って洗濯までしたらしい。チュニックにショートパンツにソックスに、下着まで干してある。

なるほど全裸なわけだなと思いながら、少女の頬をペシペシと叩いて起こす。

「…………むぅ、にゅ」

「おはよう」

「…………おは、よぅ」

少女を起こした後で継人はトイレに向かった。

用を足し、顔を洗って部屋に戻ると少女は眠たそうな目をしながらも、しっかりと覚醒している様子だった。しかし、まだすっぽんぽんのままである。

「起きたなら服を着ろ」

そう言って、継人が干してある服を取り、少女の頭から被《かぶ》せたところで気づく。

少女は何も身に着けていないと思っていたが、一つだけ身に着けているものがあったのだ。

それはペンダント――というにはあまりに無骨な、ただの金属プレートに鎖を通しただけのものだった。そんなものを少女は首から下げている。

「なんだそれ？」

聞いた継人を少女は不思議そうな顔で見て、

「……これ？」

と逆に聞き返した。

「そう、そのプレート」

そう言う継人に、少女はやはり不思議そうに首を傾けながら、

「……しらない？」

と、やはり逆に聞き返す。

「いや、知らないから聞いてるんだろ」

こいつ、まだ寝ぼけているのか？　と思った継人に、少女は答えを言った。

「これはタグ」

「タグ？」

確かに、言われてみればそれはドッグタグのような物だった。

よく見ればその表面には、こちらの文字で『ルーリエ』と記されている。

「もってない？」

「持ってないな」

「なくしたんじゃなくて？」

「失《な》くすも何も、元々持ってない」

「…………」

「……なんだよ。やっぱ寝ぼけてんのか？」

「……たいへん」

大変らしい。

＊

継人は冒険者ギルドなる建物の前に立っていた。

なぜそんなところにいるのかというと、タグという物の存在を知らなかった継人の様子に、少女が突然わちゃわちゃと慌て出したかと思うと、こうして彼をここまで引っ張ってきたからだ。

継人がいったい何事かと、少女の拙い説明に耳を傾けて分かった範囲で言えば、どうやらそのタグというのは、この世界における身分証明書のようなものに当たり、誰でも持っているのが当たり前の代物であるどころか、所持していないと犯罪者のような扱いを受けるらしい。

とにかく急いで作ってもらうべきと、少女の主張はその一点張りだった。

そのタグを作ってもらえる場所が冒険者ギルドというわけだ。

継人は少女の説明を聞いて、タグといえば、と一つ思い出した。

「俺がタグ無しって呼ばれたのは、つまりそのタグを俺が持ってないって意味だったのか？」

ダナルート一行にそう呼ばれただけではなく、思い返してみれば、この世界で初めて出会った男の第一声も、継人をタグ無しと呼ぶものだったのだ。

「ずばり」

無表情に得意げな色を滲ませながら、そのとおりだと返す少女に、継人はしかし、とさらに疑問を続ける。

「でも、なんで俺がそんな小さいタグを持ってないって、ぱっと見で分かるんだよ。単にポケットにしまってるだけかもしれないだろ？」

事実、少女も現在は首から下げたタグがチュニックの中に隠れているので、それを身に着けているのかどうかは一目では分からない。なのに、少女がタグ無しと呼ばれることはなく、継人だけが一目でタグ無しだと見破られるのはなぜなのか――？

「つくってみれば、わかる」

少女はそんな継人の疑問に対して、半眼を得意げに輝かせながら、そう返すのみだった。

*

冒険者ギルドという言葉に、若干ワクワクしながら建物に入った継人だったが、そこは彼が期待したような、ゲームに出てくるような場所ではなかった。

酒場が併設されているでもなく、荒くれ者がたむろしているわけでもない。むしろ静かで清潔な、役所のような印象を受ける場所だった。

「つーか肝心なこと忘れてたけど、タグ作るのにいくらかかるんだ？　金なら無いぞ」

「へいき。なんとタダ」

鼻息荒くどや顔する少女に促されて、カウンターらしきところに向かう。

そこにいたのは金髪をきれいにまとめ上げた、二十代前半とおぼしき受付嬢だった。その絵に描いたような美人受付嬢を見て、どこぞの宿とは違うなと継人は感心する。

やってきた継人を見るなり、受付嬢は朝の眠気もまるで感じさせない笑顔で声をかけた。

「ようこそ冒険者ギルドへ。本日はタグの再発行でよろしいでしょうか？」

（…………いや、なんで用件が分かったし）

第一声から迷いなく言い放った受付嬢に、継人が眉をひそめていると、

「む、ちがう。再発行じゃなくて、発行」

少女が横合いから継人の代わりに答えた。

「え――？　ハッコウ……？」

少女の言葉を聞いて、一瞬、何を言われたのか分からず素っ頓狂な声をあげた受付嬢だったが、さすがプロというべきか、すぐに頭の中で情報を整理すると、改めて居住まいを正して対応を続けた。

「タグの、しょ、初回の発行、でよろしいですか……？」

こくり、と頷く少女。

ごくり、と唾を飲み込む受付嬢。

継人はよく分からず、ぼんやりとその様子を眺めていた。

「しょ、少々、お待ちください！」

受付嬢は慌てたようにカウンターの奥に去っていくと、そちらから何やら、きゃいきゃいと騒がしい声が継人の耳にまで届いてくる。

「なんか……大丈夫なんだよな？」

「へいき。すべてはじゅんちょう」

不審がる継人に少女は平然と答える。

しばらく待つと受付嬢が金属製の受け皿のようなものに、タグを一つ載せて戻ってきた。

「お待たせ致しました。それではこちらのほうを手に取っていただけますか？」

継人は差し出された受け皿からタグを受け取る。金属プレートに鎖が通されたそれは、少女が持っていた物とまったく同じ物に見える。

「それでは、そのタグを手の中で軽く握ってみてください」

継人は受付嬢に言われたとおりに、訳も分からないまま、タグを握り込む。

「しばらくの間、そのままでお願い致します」

「え？」

握ったまま？　どういうことだ？　と訝しむ継人に、受付嬢はニッコリ笑って、

「すぐに済みますので」

と言ったきり、説明しようとしない。

継人は困って少女に視線を向けるが、

「……すぐすむ」

継人に向かって、こくり、と頷くだけだった。

――――二人に言われるまま待つこと五分ほど。

「まだか？」

タグを握った右手を見つめるが特に変わったことはない。

思わず尋ねた継人に受付嬢はニッコリ笑って、

「もうすぐですよ」

そして少女も、

「……もうすぐ」

――――その言葉を信じて待つことさらに五分ほど。

「…………まだなのか？」

やはり特に変わったことはない。自分が何をしているのかまったく理解できない継人は、多少苛立ちながら尋ねる。

「……も、もうすぐ、ですよ？」

受付嬢も、アレ？　おかしいな、という気配を漂わせている。

彼女のこめかみからは冷や汗らしきものが垂れていた。

そして少女も、

「……だ、だいじょうぶ。きっと、もうすぐ」

自信を無くしたような口調だった。

心なしかオロオロしているように見える。

そんな二人の様子に、継人はいい加減に我慢の限界がやってきた。

「おい、これは何をやって――」

継人が声をあげた瞬間だった。

『ステータスタグを装備しました』

『**【アカウント】**の登録が完了しました』

まるで電子音のような妙に鋭く響く声が、継人の頭の中に響き渡った。
そして同時に――

名前：継人
種族：人間族
性別：男
年齢：17
Lv：8
状態：呪い

HP：224／224
MP：1／1（－《マイナス》239）（＋《プラス》10）
筋力：11
敏捷《びんしょう》：9
知力：10
精神：12

スキル
【体術Lv2】【投擲《とうてき》術Lv1】【言語Lv4】【算術Lv3】

ユニークスキル
【呪殺の魔眼Lv1】

装備：ステータスタグ【アカウントLv1】【システムログLv1】

「……なんだこれ……？」

継人はこの世界にやってきた直後の混乱を、今、再び味わっていた。

第十一話　ウィンドウ

　もし、自分自身を情報として見ることができれば、そこには何が記載されているのだろうか。

身長、体重、年齢、特技、五十メートル走のタイムなども載っているのかもしれない。

　かつて継人がゲームキャラクターのステータスウィンドウを眺めながら、なんとなく想像したことの答えがそこにはあった。

　この世界の文字ではなく、日本語で綴《つづ》られたそれは、ステータスと呼ぶ他ないものだった。

　名前から始まり、年齢やレベル、パラメーターやスキルまで、どこかのゲームで見たようなステータス画面が、継人の目の前に浮かんでいた。いや、浮かんでいるとは言っても、本当に目の前に画面が存在するわけではない。まるで脳の視覚野に直接情報を流し込まれているように、存在しないはずのステータスウィンドウが、〝そこに存在するかのように〟見えているだけだ。

　その証拠に、継人が手を伸ばしても画面に触れることはできない。

　さらに――継人が目を閉じると、まぶたの裏の暗闇の中であっても、ステータスウィンドウはやはり彼の前に浮かんでおり、目を閉じていることなど関係なく〝見る〟ことができた。

　そして目を開けると、ステータスウィンドウの向こうにいる受付嬢の整った顔が、画面越しであるにもかかわらず、しっかりと確認できる。画面が透けているわけではない。透けていないのにその向こう側も同時に見えるのだ。

ステータスウィンドウに見入る継人に、受付嬢がホッと息を吐きながら声をかけた。

「はぁ、良かったです。無事登録が完了したみたいですね。アカウント登録の手続きをしたのは初めてだったので、何か間違ってしまったのかもしれないと心配しました」

心底安心したように、受付嬢はその豊かな胸を撫で下ろした。

そのとき、たゆん、と揺れたそれを見て、少女は自身の胸をぺたぺたと触り、首を傾げていた。

「……なんだコレは？」

継人は山ほどあった疑問を一言に集約して受付嬢にぶつけた。

受付嬢はニッコリと笑ってその疑問に答える。

「今見えていらっしゃいますよね？　そちらはステータスと呼ばれる、魂の情報を文字に起こしたものです。ご自身の名前、種族、性別、年齢、レベル、状態、スキル、装備の他に、各種パラメーターが確認できます」

魂の情報などと言われ、どう反応しろというのか。一つ言えることは、地球にいたころの継人なら鼻で笑っただろうということだ。

しかし、実際に違う世界にいる状態で、実物を目の前にして笑えるはずなどない。

たとえ、魂云々の話が眉唾だったとしても、少なくともそこに書かれた名前と年齢は、自身のものと一致しているのだ。もちろん、継人はこちらに来てから、名前や年齢などの個人情報を誰かに話したことはない。

「ステータスは重要な個人情報になりますが、ステータスウィンドウは基本的に本人しか見ることができませんのでご安心ください」

そう言った受付嬢の言葉に、継人は耳聡《みみざと》く気づいた。

「基本的に――ってことは他人が見る方法もあるってことか？」

「はい、実はございます。タグをよくご覧ください」

継人が握っていたタグを見ると、そこには先ほどまでは無かったはずの文字が刻まれていた。

『継人』――彼の名前である。

タグに継人の名前が――きちんと漢字で、しかも専門的に金属を加工したようにきれいに――刻み込まれていた。

「そのように名前が刻まれたタグは本人専用のものとなります。名前が刻まれたタグの中にはその個人のステータス情報が記録され、閲覧するためには必ずタグを装備する必要があるのです」

「つまり、他人のタグを装備すれば――」

「はい。その人物のステータスを覗き見ることができます。そのため盗難には充分にご注意ください。あっ、タグの発行が無料なのは初回のみで、もしタグを紛失された場合は再発行に金貨一枚が必要になりますので、その点もご注意くださいね」

金貨といえば、おそらくは大銀貨の一つ上の価値を持つ貨幣だろう。銅貨から大銅貨、大銅貨から銀貨と十倍ずつ価値が上がっていることから、金貨一枚の価値は一万ラークだと予想できる。かなりの高額だった。絶対に盗まれるわけにはいかない。継人は受付嬢の言葉に頷いた。

「……装備っていうのは、具体的にどこまでが装備したことになるんだ？」

これは重要なことだ。なにせ継人は今、タグを手に持っているだけで、鎖を首に通してすらいないのだ。それなのにステータス上はタグを装備していることになっている。

触れるだけで装備したことになるなら、ステータスを覗かれないようにするためには、かなり気を遣う必要がある。

「そちらもご説明致します。まず〝装備する〟とはつまりどういうことなのかと申しますと、単純に言ってしまえば〝装備品にMPを込める〟という意味なのです」

「MPを込める？」

「はい。お手持ちのステータスタグをはじめ、特殊な装備品――これを『アーティファクト』と呼びますが、そのアーティファクトには生物の魂と同じく『魔力溜まり』と呼ばれるMPを蓄える器のような領域があり、その器にMPを注《そそ》ぎ込《こ》む行為を〝装備する〟と表現するのです」

「……俺はそんなことした覚えはないぞ」

「先ほど、タグを握って待っていただいたのがMPを込める行為に該当します。タグに触れていることで、自然回復によって体から溢れたMPがタグへと流れ込んでいき、その器を満たした、つまりは装備したということです」

「……要するに触れてるだけで、時間はかかるけど勝手に装備できるってことか」

「はい。装備にかかる時間は個人差がありますが、MP量が多いほど早く装備することができます」

　MPが多いほど早く――その説明を聞いて継人は気づく。それは、逆に言えばMPが少ないと装備に時間がかかるということだ。

MP：1／1（－《マイナス》239）（＋《プラス》10）

ＭＰ１。先ほど、タグを握ったまま待ちぼうけをしていた継人を見て、少女と受付嬢の二人が焦った様子だったのは、継人のＭＰ量が少なすぎて、一向に装備が完了しないせいだったのだ。

「ちなみにステータスのＭＰの項目に（＋《プラス》10）と確認できると思いますが、そちらがステータスタグの器に込められたＭＰ量になります。そちらもご自身のＭＰですので変わらずに使用できますが、タグに込められたＭＰを全て消費してしまった場合は、自動的に装備が解除されてしまうのでご注意くださいね」

受付嬢は何が嬉《うれ》しいのかニコニコと、頬を紅潮させながら熱く説明していた。

その熱を帯びた説明によると、タグのおかげで、継人のＭＰは現在１（＋《プラス》10）の合計11と考えてもいいようだ。しかし十一倍になった、などと呑気には喜べない。もう一つの数字があまりに不穏すぎるからだ。

「マイナスはどういう意味なんだ？」

そう（－《マイナス》２３９）だ。

「はい？」

「いや、プラスが装備に込められたＭＰなんだろ？　だったらマイナスはなんなんだ？」

「…………マイナス。すみません、ＭＰの項目にマイナスの補正が付くとは聞いたことがありません」

答えられなかったのが悔しいのか、先ほどまで生き生きと説明していたのが嘘のように、受付嬢はしょんぼりとしてしまった。

「――そうか。ならいい」

分からないという受付嬢の言葉に、継人はすぐに話題を切り上げる。

あまり突っ込んで聞いたら、自身のステータスを吹聴《ふいちょう》してしまうことになりかねないからだ。

別段、それでも問題ないのかもしれないが、逆に大変なことになる可能性だってある。

この世界の住人ではない継人のステータスなのだ。どれだけ異常であってもおかしくはない。

いや、異常であるという確信めいたものが彼の中にはあった。

なぜなら――

状態：呪い

これだ。これが正常であるはずがない。

「『状態』はどういう項目なんだ？」

「――『状態』ですねっ。そちらは状態異常を表す項目になりますね。平常であれば空欄で表示されますよ」

継人が質問すると、しょんぼりとうなだれていた受付嬢が、バッと顔を上げて答えた。

「状態異常っていうのはどんな種類があるんだ？」

「そうですねえ。代表的なものは毒や麻痺《まひ》、混乱や沈黙などですね！」

ルンルン♪　と答える受付嬢に、呪いは？　とは継人は聞けなかった。そんなことをこのタイミングで聞けば、自分は呪われていると宣伝するようなものだからだ。

聞きたいことは山ほどあるのに、何を聞いても自分の情報を吹聴することになりそうで、継人の口は次第に重くなっていく。

――――その後は、ろくな質問もできないまま、ただ受付嬢の説明を受けた。終始、ニコニコと楽しそうにステータスの説明をする受付嬢の言葉に、継人はテンション低く耳を傾けていた。

しかし、そんな継人でも、受付嬢の説明の中で目を見開く場面があった。

それは『Ｌｖ』――つまりレベルの話が出たときだ。

「レベルとは、魂の大きさを表す指標であり、それは生物としての存在の強度を表します。レベルの値が高くなれば、人間を超えた能力を発揮することができ、ドラゴンと殴り合うようなことも可能になります。このレベルを上げるには、日常生活の中での経験や訓練を積む等、様々な方法がありますが、それらより効率が良いと言われている方法が『モンスターを倒すこと』です。モンスターを倒せば、訓練などとは明らかに一線を画した速度でレベルアップすることができ、その詳しい原理などは不明ですが、モンスターの死体から漏れ出た魂を吸収している、という説が一般的ですね」

受付嬢が語るレベルというものの存在と、それがもたらす力を聞いて、内心の興奮を隠すように継人は黙り込んだ。

そんな継人に、受付嬢は今までの笑顔を消すと、居住まいを正し、顔をキリッとさせて口を開いた。

「初めてのことでご不明な点も多いかと存じますが、最後に肝心なことを一つだけ説明させていただきます」

「肝心なこと？」

改まって言う受付嬢に継人は首を傾げる。

「はい。私の顔を見てください」

継人の目をジッと見つめながら、受付嬢は真面目な顔でそう言った。

は？　と思いながらも、見ろと言うのだから、継人は遠慮なくまじまじと彼女の顔を見つめる。

そして、やっぱり美人だな、と呑気な感想が浮かぶのと同時に――

名前：セレア
職業：冒険者ギルド職員
所属：冒険者ギルド『ベルグ』

受付嬢の前――空中にステータスウィンドウに似た画面が開いた。

突然現れた画面に驚く継人を見て、受付嬢は真面目な顔を嬉しそうに綻ばせた。

「ご覧いただけたようですね。改めましてセレアと申します。――ふふ。こうやって自己紹介をするのに少し憧れていたんです」

なるほど、と継人は得心した。

自分がすぐにタグ無しだと気づかれたのは、これのせいだったのだ。

「これがタグの一番重要な機能『ネームウィンドウ』です。タグを持つ者同士であれば、意識を向けるだけで対象の名前を確認することができます」

継人は試しに自らの手を見つめる。

空中にネームウィンドウが開いた。受付嬢セレアのウィンドウには、この世界でよく見かけるカタカナに似た謎の文字で名前が書かれているが、継人のウィンドウは、ステータスと同じように漢字で表示されていた。

名前：継人

「……でもこれが一番重要な機能なのか？　ステータス見えるほうが大事な気がするけどな」

継人の疑問をセレアは嬉しそうに、そうでしょうそうでしょう、と頷きながら聞くと、また顔をキリッとさせて継人の疑問に答える。

「確かにそう思われるのも分かります。しかし、名前が見えるということに重要な意味があるのです。なぜなら、それが『レッドネーム』を見分けるのに必要だからです」

「レッドネーム？」

「ステータスタグを装備した者が、同じくタグを装備した他者を殺害した場合、ネームウィンドウの名前の表示が赤色に変化します。それをレッドネームと呼びます。殺人者であるレッドネームは何者であっても例外なく討伐対象となり、討伐したうえで対象のタグを冒険者ギルドに提出していただければ賞金が出ます」

例外はないと言うセレアの言葉を、継人がさらに詳しく尋ねてみれば、たとえレッドネームになった原因が正当防衛や過失致死であっても、例外なく討伐対象になるとのことだった。

前日の出来事から考えて、ここはまともに法律などが機能していないのでは、と憂慮していた継人だったが、代わりに彼の予想のはるか斜め上を行く雑な何かが機能しているようだった。

「討伐って、つまり殺すってことだよな？　自分もレッドネームになるんじゃないか？」

「レッドネームを討伐する場合に限り、名前の色は変化しません」

継人はなるほど、と一つ頷く。

早くタグを作ったほうがいいと言った少女の言葉の意味がやっと分かった。

レッドネームのシステムがあれば、タグを装備しているだけで殺されるリスクを減らすことができる。なにせタグの装備者を殺してしまったら、問答無用で死刑判決を下されることになるのだから。

逆にタグを装備していない者は殺してしまっても――このタグのシステム上では――問題無いことになる。

昨日、タグの無い状態でダナルートらと揉めたが、途中で少女が割って入ってくれなければ、本当に殺されていた可能性が高かったのだな、と継人は改めて思った。

ちょうどそのとき、件《くだん》の恩人である少女が継人のシャツをくいくいと引っ張った。

継人が視線をやると、少女は眠たげな半眼で彼をジッと見上げていた。

「なんだ？　トイレか？」

「冒険者登録は？」

少女は継人の言葉を無視して質問をかぶせてきた。

「は？」

「冒険者登録、するべき」

どうやら少女は、継人に冒険者になれと言っているようだった。

なぜだと継人が理由を聞こうとしたが、

「ああ、やっぱり。タグの発行と一緒に冒険者登録もなさるおつもりだったんですね！」

少女に問う暇もなくセレアがテンション高く口を挟んだ。

「そう。なさるおつもり」

少女がしれっと勝手に同意する。

「おい、お前何言って――」

「では！　すぐに手続きを始めますね！」

「は？　ちょ――」

継人が止める間もなく、セレアは、ルンルン♪　とカウンターの奥に去っていった。

こうしてステータスタグを作りに来ただけだったはずの継人は、なし崩し的に冒険者になることになった。

第十二話　継人とルーリエ

竜の巣穴亭、一階食堂。

無事タグを入手して宿に戻った継人は、宿の店主から「タグがあるなら食堂を使ってもいい」との許可をもらえたので、少女と共に食堂のテーブルに並んで座っていた。

そもそも継人に食堂の使用許可が下りなかったのは、怪しいタグ無しが食堂にいたらトラブルの元にしかならないから、部屋に引っ込んで大人しくしていろ、ということだったようだ。

その話を聞いたときは多少不満に思った継人だったが、確かにタグ無しというのは「タグを発行していない」あるいは「タグを紛失した」という、ある意味真っ当な理由でそうなっている者だけではなく、「レッドネームを隠すためにあえてタグを装備していない者」という場合も大いに考えられることから、店主の判断は正しいと納得した。

むしろ、タグ無しだった継人を追い出さずに部屋を用意してくれた店主は、その厳つい顔には似合わずに親切であったと言えるだろう。

せっかくタグという信用を得て、大手を振って食堂を利用できるようになった継人である。ならばと、彼は早速なけなしの金で一人前六十ラークの朝食を注文し、少女と二人、慎《つつ》ましく分け合って食べていた。

「………………肉も食えよ」

パンをもそもそと咀嚼《そしゃく》していた継人は、隣の少女に向かって静かに言った。

その声に、サラダをもりもり頬張っていた少女の動きがピタリと止まる。

「……お、お肉はきのうたべた」

「昨日食べたから今日食べなくていいなんて道理があるか」

テーブルの上に並んだメニューは――多少固いが食べ応えのあるパン。鶏肉《とりにく》らしき具の入った茶色く透き通ったスープ。レモンのような酸味のきいたドレッシングがかかったサラダ。以上三品である。

思っていたよりも、まともな料理が出てきたことで、喜んで食べている継人をよそに、少女は先ほどからサラダとパンにしか手をつけていない。

はじめこそ、羊人族は体質的に肉が食べられないのかと危惧した継人だったが、彼がよそ見をした隙を狙って、スープの器をグイグイこちらに押しやる少女の態度と、昨夜は嫌そうにしながらも干し肉を食べていた事実から、少女が単に肉が嫌いなだけなのは明白だった。

継人は肉のスープを少女の前に置く。

「召し上がれ」

「――わ、わたしにはお野菜がある。お野菜こそ至高……っ」

少女はフォークをプルプルと握り締めて、継人の言葉を遠回しに拒否する。

「そうか。なら俺もその至高の味を堪能《たんのう》するか」

継人は少女の手からフォークとサラダを奪うと、大口を開けて一気にサラダを掻《か》き込《こ》んだ。

口いっぱいにサラダを頬張る継人。そんな彼を少女は呆然とした面持ちで眺めた。

少女が視線をテーブルの上に戻すと、そこに残されたのは肉がなみなみと盛られたスープ。

わなわなとおののく少女に継人は追い撃ちをかける。

「腹いっぱいになったから、それ全部食っていいぞ」

少女は絶望して蒼白になる。

そんな少女に、継人はニヤリと笑って甘言を囁《ささや》いた。

「――て言いたいところだけど、素直に喋《しゃべ》る気になったなら俺も食うのを手伝ってやる」

少女の肩がピクリと動いた。

「いい加減に白状しろ。なんで俺を冒険者になんてしたかったんだ？」

「…………」

しかし、少女は俯《うつむ》いてしまい口を開かない。

ずっとこの調子だった。

冒険者ギルドでは半ば強引に継人を冒険者にさせたのに、その理由を尋ねるとだんまりなのだ。

継人は困ったように頬を掻いた。

継人だって冒険者に興味がなかったわけではない。だから、冒険者になったことをどうこう言うつもりはなかった。

そもそも強く拒否しようと思えばできたのを、そうしなかったのは継人自身である。それに、いざ冒険者登録の説明を受けてみれば、そこにデメリットらしきものもなかった。――いや、

名前：継人

職業：Fランク冒険者

継人のネームウィンドウに映った〝Fランク冒険者〟の表記。これは冒険者登録をすることで強制的に追加されてしまった項目だ。

このランクというのは上はSから始まり、A、B、C、D、E、そして一番下のFの七段階あり、そのまま冒険者の実力を表している。

継人は見習いを表すFランクなので、現在は最弱の看板を背負いながら歩いているに等しい状態である。

唯一のデメリットと言えるのが、せいぜいそれぐらいのものであった。

故に、継人は気にせず話せと少女を説得するのだが、

「…………………っ」

少女は話そうとせず、一向に口を開かない。

……いや、開けないだけかもしれない。

継人が肉の乗ったスプーンを、少女の口の前にうりうりと差し出していた。

「ほれ。食うか、話すか、どっちかにしてもらおうか」

「……んむむ……っ」

頑として口を開かなかった彼女だが、しばらく攻防を続けると、継人の説得が通じた。

涙目の少女はついに観念したように話し出した。

「…………冒険者になりたいから」

しかし、少女が語った言葉は、いささか難解だった。

少女が冒険者になりたいから継人を冒険者にした。

意味不明である。

「……なれば良かったんじゃないか？　それとも年齢制限とかあったか？」

「ない。けどなれない。……わたしは〝奴隷〟だから、むり」

少女の言葉に継人は目を見開いた。

一瞬、聞き違いかと疑う。

「奴隷？　……って、あの奴隷……？　え、お前がっ？」

信じられない面持ちで継人は言葉をもらした。

「そう。ネームウィンドウでみれる」

その言葉に継人はハッとし、すぐに苦い顔をした。少女のネームウィンドウを、まだ一度も確認していないという事実に初めて気がついたからだ。

少女のことを警戒していなかったから、と言ってしまえばそれまでだが、恩人でもある彼女の名前を確認すらしようとしないのはなんなのか。継人は内心で自らに毒づいた。

名前：ルーリエ
職業：借金奴隷『レーゼハイマ』所有

「――借金奴隷？」

「そう。お金をかえすまでは冒険者になれない」

――――どうやら少女の話を聞く限りでは、借金奴隷とは身分制度における奴隷階級とは違い、単純に「借金のかたに身売りした者」と言えば分かりやすい。

借金を返し終えるまで奴隷はあらゆる商取引に関して、主人、もしくは主人に許可を得た者以外からは応じてもらえなくなり（明確に禁止されているため）、それは金品に限らず奴隷が持ちうる全てのもの――すなわち本人の持つ労働力にも適用される。

故に、主人以外の者が奴隷を雇い入れることはなく――――つまりは冒険者にもなれない。そういう話だ。

「なるほど。だから俺が冒険者になって、お前の代わりに仕事を請けたり、報酬を受け取ったり、そういうことをしてほしいわけか」

少女は、こくり、と頷き、もう一つ追加する。

「……モンスターをたおすのも、てつだってほしい」

「それってもう、一緒に冒険者やりましょうってことだよな？」

少女はおずおずと頷いた。

「……一つ聞くけど、なんでそんなに冒険者になりたいんだ？　採掘より儲かるのかもしれないけど、その分危険なはずだ。モンスターを倒すってことは命懸けだろ？」

継人は少女の顔を真剣な面持ちで見つめながら問い質《ただ》した。目の前の少女はまだ幼いが頭が良い。冒険者が危険であることも充分承知しているはずだ。そもそも危険だと分かっているからこそ、継人に一緒にやってほしいとは言い出しにくかったのだろう。であるならば、なぜ。

問われた少女は、意を決したように継人をまっすぐに見つめ返すと、今度は堂々と答えた。

「レベルアップして強くなりたい」

少女の答えが明瞭に響いた瞬間――継人の胸がギクリと鳴った。

同じだったのだ。

継人も冒険者ギルドでレベルアップの話を聞いたときから、強さへの欲求が湧き上がり、止まらなくなっていた。

だが、継人には分からなかった。なぜ自分はこんなにも強くなりたいと思っているのか。それは日本に帰りたいという思いよりも、この世界にやってきた理由が知りたいという思いよりも、はるかに強く己の中に渦巻いている。

そして、そんな胸中を少女に見透かされたような気がして、恥ずかしく思うのはなぜなのか。みっともなく感じるのはなぜなのか。

分からない。分からなかった。

「なんで……お前は強くなりたい？」

継人は絞り出すように静かに聞いた。

問いかけた彼の表情は、まるで今から賢者の訓戒を賜ろうかというほどの真剣さを帯びていた。

そんな継人に、少女は、ふんす、と鼻息荒く答えた。

「わるものはえらそう。強くなってやっつける」

その答えを聞いた継人は一瞬フリーズし――――そして、

「――――フハッ」

笑った。それはもう大笑いした。食堂どころか宿中に響くほどの勢いで継人は笑った。

腹を抱えて笑う継人を宿の店主が迷惑そうに睨み、少女もまた顔を赤くして睨んだ。

「……し、しつれい！　わたしはしんけん。マジ！」

「はは、そ、そうだな、わるかっ、ふははっ、わ、悪かった」

「むぅ！」

小さな賢者の言葉は真理だった。

単純で、明快で、そして、継人の心に響いた。

自分もきっとそうなのだ。

あのバスの中で、本当は金髪野郎をぶん殴ってやりたかったのだ。でも、できなかった。殴り返されることが怖かったし、その後に社会という大きな力に制裁されることが怖かった。だから媚び、へつらい、譲った。

昨日だって、ダナルートを殴り飛ばしてやりたかった。でも、できなかった。今度は媚びなかった。譲らなかった。でも単純に力が足りなかった。走り去っていくダナルートの背中を、どこかホッとしながら見送っている自分がいた。

恥ずかしいはずだ。みっともないはずだ。

こんなにも自分は弱くて臆病なのだから。

でも、だからこそ——

プンスカと怒る少女に、継人はおもむろに右手を差し出した。

少女は継人の顔を見上げ、くりん、と首を傾げる。

「俺も強くなりたい」

継人の言葉を聞いて、少女の半眼が僅かに見開く。

「今日から相棒だ。よろしくな、ルーリエ」

少女は、しばらくぼんやりと継人の顔を見ていたが、やがて、差し出された手に自身の小さな手を伸ばすと、キュッと握り、頷いた。

「うん。ツグトといっしょに強くなる」

継人とルーリエ。

この日、異世界に迷い込んだ少年と羊人族の奴隷の少女という、奇妙な冒険者コンビが誕生した。

第十三話　悠長

「〝まがん〟は見るだけでこうげきできるすごいスキル。しかもユニークスキル。ツグトすごい」

ルーリエは、眠たげな半眼を尊敬の光でキラキラさせて、めずらしく興奮した様子で継人を見上げた。

継人も褒められて満更でもないのか、若干口角が上がっている。

現在二人は、お互いのステータスを見せ合いながらダンジョンを進んでいた。

継人のステータスが見たいと言い出したのはルーリエだったが、継人も自身のステータスについて尋ねたいことがあったので、ちょうど良いとばかりにステータスを見せ合うこととなったのだ。

「この魔眼ってのは具体的にどうやって使えばいいか分かるか？」

「む、【魔力操作】のスキルがいるかも……？」

【魔力操作】というのはＭＰを操るスキルであり、ＭＰ消費が必要なスキルや魔法（存在するらしい）を使用するためには必須のスキルである。

「でも、【魔力操作】してもＭＰ１だからむりかも……？」

返ってきたのは残念なお知らせであった。

「やっぱり問題はＭＰか……。俺のＭＰの表示って、それ普通じゃないよな？」

「へん」

尋ねた疑問にルーリエは即答した。

MP：1／1（−《マイナス》239）（+《プラス》10）

これが継人のMPである。他のパラメーターと比べて明らかに異常だった。まず1という少なすぎるMP量。そして（−《マイナス》239）という謎の表示。

（+《プラス》10）に関しては冒険者ギルドで説明を受けたので、これがステータスタグに注ぎ込まれた、継人自身のMPを表していることは分かっている。

「（−《マイナス》239）の意味が分かるか？」

ルーリエはプルプルと首を振った。

まあ、そうだろうな、と継人は頷く。プロであるはずの冒険者ギルドの受付嬢ですら、聞いたことがないと言っていたのだ。

「じゃあ、〝呪い〟に関してはどうだ？」

ステータス画面上で、ことさら不気味に見える表示、状態：呪い。

ステータスの『状態』とは、状態異常を表示する項目だ。つまり、呪いとは言うまでもなく状態異常の一種なのだが――

「……効果が不明？」

「そう。のろいはいろいろある」

ルーリエによれば、呪いというのは他の状態異常と違い、ステータス上では同じ「呪い」と表示されるが、実際には、呪いごとに効果がまったく異なるという。

「実害不明かぁ。で、解く方法が――」

「のろいをかけてるやつをたおす。それか聖教会で〝おきよめ〟してもらう」

そう聞くと簡単に解除できそうな気がした継人だが、現実はそう甘くはなかった。

まず、聖教会でお清めというのは、聖なる力で呪い自体を攻撃する、というものらしいのだが、解呪が成功しても重大な後遺症が残ることがあり、失敗した場合には呪いが強くなったり、最悪の場合は反動で死んでしまうこともあるというのだ。

さすがに、そんなにリスクの高い方法に頼るのは御免だった。

であれば、残るは呪いをかけている相手を倒すしかないわけだが――

「…………うーん」

継人には状態異常の〝呪い〟と【〝呪〟殺の魔眼】が無関係とは思えなかった。

もし、その考えが間違っていないとすれば、この呪いの出所は継人自身ということもありえる。

その場合はどうやって呪いを解けばいいのだろうか。

結局、ルーリエから色々と話を聞いてみても、分からないことだらけなのは変わらなかった。

継人はそんな現状に難しい顔をしながら、自身の左手に握られたルーリエのタグを見て、さらに顔をしかめた。

「……まだ？」

ルーリエの短い疑問の言葉に、継人の表情はますます苦いものに変わる。

「悪かったな。ＭＰ１で」

ＭＰが少なすぎる継人は、未《いま》だルーリエのタグにＭＰを注ぎ終えていなかった。

装備品の器に注ぎ込まれるＭＰとは、装備者の体から溢れ出たＭＰなので、最大ＭＰ１の継人の体から溢れるＭＰの少なさたるや、比肩するものがない。

「だいじょうぶ。レベルアップすればMPも……ふえる。きっとふえる、かも」

「励ますならしっかり励ませ。余計へこむわ」


そんなことを話している間に、二人は昨日採掘を行った広間にたどり着いていた。

広間に入るなり、継人は肩に担いだツルハシを下ろし、周りを見回して、

「どこを掘るのがいいと思う？」

とルーリエに意見を求めた。

一方、求められたルーリエはポカンとした顔で継人を見返す。

「…………モンスターは？」

「は？」

「……モンスターたおして、レベルアップは？」

一瞬、ルーリエが何を言っているのか分からなかった継人だったが、レベルアップという言葉で、はたと気づく。

「……もしかして今日から始めるつもりだったのか？」

「そう。つもり」

「いや、無謀すぎだろ。まずは装備を整えたり、ダンジョンとかモンスターの情報を仕入れたり、そういう準備をしてからだ。それまでは石を掘って稼ぐ」

「ゆ、ゆうちょう！」

「悠長じゃなくて堅実と言え。つーか、バケツ持ってダンジョン入った時点で、採掘するって分かるだろ」

「む、カブトのかわりに、かぶるとおもった」

「かぶってたまるかこんなもん。そもそも、今日の宿代すらないの分かってんのかお前」

「お金は、モンスターたおしてギルドでうればいい」

「……そんなんで稼げるのか。……なら狩りもありか……？　――いや、やっぱ駄目だ。なんも準備してないし危険すぎる。レベルアップはまた今度だ」

「ゆ、ゆうちょう！」

「だから堅実って言えっつってんだろーが」

「わるものは、まってくれない！」

あまり表情の動かない顔をぷりぷりとさせて、継人のシャツの裾を摑《つか》んでぶんぶんと振り回しながら言ったルーリエのその言葉に、ハッとした。

確かにルーリエの言うとおりだった。もし堅実に準備をしている間に、またダナルートが来たら、もしくは同じようなことがあったら、自分はどうするつもりなのか。

継人は口の中だけで「なるほど、悠長だな」と呟いた。

「――このダンジョンは、どのくらいの強さのモンスターが出るのか分かるか？」

「む、ここはEランクダンジョン。モンスターは強くない。ビッグラットとかゴブリンとか」

継人からの突然の質問だったが、ルーリエはすらすらと答える。

ルーリエはこのダンジョンで働く採掘人であり、以前からレベルアップのチャンスをうかがっていたため、ダンジョン内のモンスターには詳しかった。

その彼女が言うには、ビッグラットやゴブリンなどは彼女一人で勝つのは難しいが、継人と二人ならば充分に勝ち目のある相手だという。

確かにゴブリンは継人も聞き覚えのある、ファンタジーでは定番の雑魚モンスターであるし、ビッグラットなんて、言葉のとおりならただのデカイ鼠《ねずみ》だろう。

（……いけるか？）

思案に耽《ふけ》り出した継人の前に唐突にウィンドウが開いた。

ルーリエのタグにやっとMPを注ぎ終わったのだ。

名前：ルーリエ
種族：羊人族
性別：女
年齢：9
Lv：6
状態：

HP：152／152
MP：200／200
筋力：6
敏捷：7
知力：6
精神：13

スキル
【羊毛Lv1】【聴覚探知Lv2】【無心Lv1】【解体Lv2】【掘削Lv1】【魔力感知Lv1】

【魔力操作Lv1】【言語Lv2】【算術Lv1】【料理Lv1】

装備：

パラメーターは継人と比較して考えると、普通の子供並かそれより少し高いくらいだろうか。豊潤なMP量に、継人の倍以上の数を誇るスキル。そして、なぜか継人よりも高い精神値。色々と言いたいこともあったが、今はいい。それよりも――

「【聴覚探知】ってのはどういうスキルだ？」

「音で……さがす」

そのままというか、語彙が足らないせいかまったく説明になっていなかった。しかし、継人には分かった。昨日のことを思い出したからだ。

昨日、ルーリエはダナルートらが広間に姿を現す前から、それを察知して言い当てていた。おそらくはこの【聴覚探知】を使ったのだろう。

「音で、モンスターを探せるか？」

その質問に、ルーリエは拳をギュッと握りながら力強く頷いた。

「モンスターの数なんかも分かるか？」

「すくないなら、かんたん」

好都合だ、と継人はニヤリと笑った。

多いところは多いとだけ分かれば避ければいい。必要なのは、確実に一匹で孤立しているモンスターを識別できる能力だ。そして彼女にはそれがある。

「――あとは、武器、か」

呟いた継人の言葉に、ルーリエはそれを掲げることで答えた。

輝くどや顔で、スコップを掲げる少女がそこにはいた。

もう断る理由はなかった。

第十四話　初陣

ダンジョン一階層。採掘人が集う魔力鉱石採掘場とでもいうべき大広間には、さらに奥へと続く一本の道が延びている。

その道を進んだ先に、継人とルーリエはいた。

「――おいおい。一気に迷宮っぽくなったな」

継人は呆《あき》れたように、愚痴っぽく、こぼした。

それも仕方がない。このダンジョンは途中に分岐が一つあったきりで、基本的に一本道だったのだ。それが――

「いちばんみぎだけ、わかる」

ルーリエが五つに分岐した道の一番右側を指差した。

そう、そこからは五本の分かれ道が延びていたのだ。

「……おう。じゃあそっち行ってみるか？」

モンスターを求めて、広間の奥の道を進んできた継人だったが、道の先がまさか五つに分岐しているのは予想外だった。下手に進むとモンスターよりも迷子が怖そうである。

そういうわけでルーリエが唯一分かるという右の道を進もうか、と提案してみたのだが、

「みぎは『ゴミ穴』しかない」

「ゴミ穴？」

「おっきい穴。そこにこわれたツルハシとか、モンスターの死体とか、すてる」

継人がルーリエの説明に、へー、とあまり興味なさそうに答えていると、ふいにルーリエの耳がピクピクと動いた。

「――――いた。モンスター」

ルーリエの声はやけに明瞭に響いた。

「――へ？　マ、マジかっ。どっちだっ？　何匹だっ？」

突然の宣告に継人が慌てる。

言うまでもなく彼はモンスターを見たことがない。

ダンジョンに入るのはこれで三度目になるが、これまで一度もモンスターに遭遇することはなかったのだ。

そのせいもあり、なんとなく、心のどこかでモンスターの存在を信じきれない自分が残っており、その自分が今このときまで、心の準備を怠らせていた。

というわけで、継人はテンパっていた。

「あ、ああああっち。やっつけるっ！」

そして、ルーリエはさらにテンパっていた。

その場で、わちゃわちゃと慌て出したかと思うと、突如、スコップを振り回しながら、意気勇んで通路の奥へと駆け出した。

そんな彼女の首根っこを継人がガシッと捕まえた。

継人自身も混乱していたので、冷静な判断力をもって彼女を止めたわけではない。スコップを振り回す羊の幼女の姿が、あまりにも弱そうだったので、訳も分からず反射的に止めてしまっただけである。

「お、落ち着けルーリエ。まずはクールに、そう、情報の整理からだ。だからほら、まあ、一旦座れ」

「す、すわらない。むり。もう、そこ、もうくるっ」

ルーリエの言葉どおりだった。

五本延びた道の左から二番目。

岩陰の奥からソイツは現れた。

まず頭があった。そこから細い首、肩、そして胴。続いて、大地を踏み締める二本の脚。手には何も持っていないが、腰に巻かれた獣の皮らしきものが、ソイツに最低限度の知性が備わっていることを証明している。身長は百三十センチ足らずで、ルーリエと変わらない背丈。そして決定的なのが――濁った緑色の肌。

聞くまでもない。聞くまでもなく、ソイツがなんなのか継人には分かった。

ゴブリンである。

「ギィィィイギィジャァアアッッッ!!」

甲高い耳障りな咆哮《ほうこう》が響いた。

ダンジョン内に反響する咆哮に、継人の混乱した意識がゴブリンへと収束していく。

知らず汗ばむ右手に力を入れ、そこに握られたツルハシの感触を確かめた。確かな感触を返すツルハシの柄を両手で握り直し、戦いに備えようとした彼の動きは――しかし、一歩遅かった。

ゴブリンが二人に向かって駆け出したのだ。

速い。恐ろしく速かった。彼我の距離は二十メートル以上あったが、あっという間にそれが潰れていく。

ツルハシを振り上げて、それを振り下ろす、たったそれだけの動作がとても間に合わないと継人は即座に悟った。

猿のように俊敏な動きを見せるゴブリンは、もう、すぐそこにまで迫っている。醜悪極まる魔物の顔が嫌でもよく見えた。

黙って立ちすくんでいる場合ではない。せめて何か一つ。なんでもいいからアクションを起こさなければならない。

その一念のみで継人がギリギリとれた行動は――

「グギャアッァァ!?」

パスだった。

地面に向けられていたツルハシの頭を、まるでゴブリンに差し出すように、ふわりと下手投げでパスしたのだ。

なんの勢いもなく宙を舞ったツルハシだが、その先端部位は重量五キログラムに迫る鉄の塊である。そんな鉄の塊が、人間を超えるスピードをもって突っ込んできていたゴブリンへと向かい――その醜い顔面へと吸い込まれるように衝突した。

青い滴が舞った。

「ギジャアアアアッッッ‼」

ゴブリンが顔を押さえて地面をのたうちまわる。

このとき、継人はすぐにでも追い撃ちをかけるべきであったが、生物が本気でのたうちまわる迫力と、その際に飛び散る青い血液に怯み、僅かの間、体の動きが止まってしまった。

そして、その僅かが決定的な隙となった。

のたうちまわっていたはずのゴブリンが、一瞬先には継人に飛びかかり組みついてきたのだ。

「――うぁッ⁉」

突如間近に迫った醜悪なゴブリンの顔。その顔を染める怒りと青い血と、ゴブリン自体の重量に圧《お》され、継人はそのまま押し倒されてしまった。

地面に強打した尾てい骨の痛みも気にせず、継人は腹の上に乗るゴブリンに必死の思いで腕を伸ばす。

後退はできないのだから、押し返して少しでも距離を取りたかった。しかし、ゴブリンは絶対に離さないとばかりに継人にガッシリとしがみつき、そして――その醜い口を目一杯に開いた。

そこには不揃いで鋭い黄色っぽい歯と青紫色の粘膜が見えた。

(――まずい！　まずい！　まずい！)

継人の思考が焦りで染まる。

どう考えても噛みつく気だった。いや、喰《く》いつく気かもしれない。

ぬらぬらと唾液で光る黄色い歯が継人に迫る。

万事休すだった。

もし継人が一人なら――――だが。

鈍い音とともにゴブリンの頭が横に弾《はじ》けた。

「……むん！」

ルーリエだ。

彼女がスコップをフルスイング一閃《いっせん》、ゴブリンを殴りつけたのだ。しかも一撃だけでは止まらない。ガンッ、ベシッ、とゴブリンに向かって、連続してスコップを振り続ける。

ゴブリンが痛みに呻き、威嚇するように吠《ほ》えるが、そんなことで彼女は怯まない、手を止めない。スコップが振られるたびに青い滴が散った――。

大きなスイング。鈍い打撃音。飛び散る血飛沫《ちしぶき》。ルーリエの繰り出す攻撃は一見派手だった。しかし、その実、モンスターへのダメージは大したものではなかった。所詮は子供の腕力。ルーリエの一撃は致命傷には程遠かった。

ゴブリンもそのことに気づいているのか、顔を歪《ゆが》めてルーリエを睨みながらも、継人にしがみついた手を離そうとはしない。――だが、一撃の軽さに気づいたのはルーリエ本人も同じだった。

ルーリエはスコップを握り直す。左手で柄を下から支えるように持ち、右手でスコップの尻のグリップを逆手で強く握った。そしてそのまま、まるで壁に穴を掘るかのように、ゴブリンの顔を
――突いた。

ゴブリンの悲鳴が響いた。

ルーリエの突きはゴブリンの左目に直撃し、その眼球を破壊した。これにはさすがのモンスターもたまらず、継人を押さえていた手を離し、顔を押さえる。

そして、そんなゴブリンの隙を、継人は今度こそ見逃さなかった。

「ォ……ラァッッ!!」

継人の指がゴブリンの残る右目をえぐった。

意外に硬く生々しい感触とともに、彼の指に突き指したような痛みが走ったが、それを無視してゴブリンを蹴り飛ばし、その下から脱出する。

視覚を失ったゴブリンに、もはや為《な》す術《すべ》はない。

逃げ出そうとして這《は》うように走り出すが、それは壁に向かうような見当違いの方向であり、しかも一歩目にしてバランスを崩して転倒してしまった。

継人は一息すらつかずにツルハシを拾い、ゴブリンに足早に歩み寄る。そして、うずくまるゴブリンの傍らでツルハシを振り上げた。

大きな生き物を殺すのは初めてだったが、彼の顔には戸惑いも躊躇もない。あるのは恐怖だった。まだ心臓がバクバクと鳴っていた。こんな恐ろしい生き物は、一秒でも早く殺してしまいたかった。

感情に従って、継人はツルハシを振り下ろした。

――一撃。――二撃。――三撃。……そこでゴブリンは動かなくなった。

が、さらに頭部に――もう一撃。

「……はあっ、はあっ、はあっ、はあっ」

『経験値が一定量に達しました』

『Ｌｖ8からＬｖ9に上昇しました』

肩で息をする継人の頭に、電子音のような声が響いた。

こうして、二人の初陣は勝利に終わったのだった。

第十五話　レベルアップ

『経験値が一定量に達しました』
『Ｌｖ８からＬｖ９に上昇しました』

この声はステータスタグに付随したスキル【システムログ】の効果で、ステータスに変化が起こった際に、持ち主のみに聞こえる声で、その変化を知らせてくれる便利機能――とは冒険者ギルドの受付嬢セレアの言だ。

無事初めてのモンスター退治に成功し、レベルまで上がった。この上ない結果である――はずなのに、継人の表情は晴れなかった。

正直、ゴブリンを舐めていたと言わざるをえない。明らかに彼が想定していたよりも強くて、凶暴で、恐ろしい相手だった。

もし、ゴブリンが二匹いたらどうなっていたのか分からない。三匹いたなら、今こうして死体になっているのは、ゴブリンではなく継人のほうだっただろう。

モンスターを倒して、レベルを上げ、ステータスを強化する。まるでゲームのような流れを想像して、考えが甘くなっていたことは否定できない。

しかし、だがしかし、と継人は思う。

確かに油断があった。心構えがなかった。そもそも準備不足も甚だしい。反省はする、大いにするべきだ。だが、間違ってはいない。今日、無謀にもモンスターを狩りに来たことは、何も間違ってはいないのだ。

名前：継人　　HP：219／256
種族：人間族　MP：2／33（−《マイナス》239）（＋《プラス》10）
性別：男　　筋力：13
年齢：17　　敏捷：10
Ｌｖ：9　　知力：11
状態：呪い　精神：14

スキル
【体術Ｌｖ2】【投擲術Ｌｖ1】【言語Ｌｖ4】【算術Ｌｖ3】
ユニークスキル
【呪殺の魔眼Ｌｖ1】
装備：ステータスタグ【アカウントＬｖ1】【システムログＬｖ1】

継人は拳を握る。

ゴブリンの目を突いた指が多少痛むが、そんなことはどうでもいい。力が溢れるようだった。

ツルハシを握り、持ち上げる。――軽い。先ほどまでよりも軽く感じる。そのままツルハシを二度三度と振り、頭上に掲げる。やはり明らかに軽い。筋力値が僅か2上がっただけでこの効果。

力を望んで、それが今、継人の手の中にはあった。

こんなに素晴らしいことが間違いであるはずがない。

継人はレベルアップという甘い果実の味に、ニヤける口元を抑えられないまま、掲げたツルハシを見上げる。そして、ふと、隣に目を移した。

――それは、まるで絵画に描かれた勇者のような姿だった。

ドラゴンを倒した偉大なる勇者が、剣を天へと掲げて勝鬨《かちどき》をあげる。

ただし、実際に倒したのはゴブリンであり、天に掲げられたのはスコップであり、勇者どころかその姿は弱そうな羊そのもの――つまり、ルーリエであった。

ルーリエが半眼をキラキラと輝かせながら、スコップを掲げてポーズを決めていた。

そのポーズは奇《く》しくも継人が現在とっている体勢に酷似していた。

継人は頭上に掲げたツルハシをそっと下ろす。そのままそっぽを向いて一度咳《せき》ばらいすると、何食わぬ顔でルーリエに話しかけた。

「……どうした？　随分とうれしそうだな？」

彼女がどうしたのかは、つい今しがたまで同じポーズで喜んでいた彼にはだいたい分かっていたが、白々しくもそう尋ねた。

「……レベルアップした」

「そうか。やったな」

「やった。わたしはもう最強」

よほどテンションが上がっているのか、ルーリエは目を爛々《らんらん》と輝かせながらありえないことを口走った。しかし継人も大人である――あるいは大人であることをアピールしたいからなのか、彼女の言葉にわざわざ突っ込むような野暮な真似はせずに、黙って聞き流した。

「……ツグトは？」

「ん？」

「レベルアップした？」

「おう、したぞ。無事にＭＰも増えた。（－《マイナス》２３９）の表示はそのままだけど、最大ＭＰは上昇してる。たぶんこれからもちゃんと増えていくはずだ。つーわけで、あとで【魔力操作】のやり方教えてくれ」

レベルアップによってＭＰが増えることが確認できた継人は、【魔力操作】スキルを使って【呪殺の魔眼】をコントロールできるのか模索してみるつもりだった。

そんな継人からの要請にルーリエは力強く、こくり、と頷く。

「わかった。わたしのことは師匠とよんでいい」

「呼ばないけど頼むな。――それとルーリエ。このゴブリンの死体はどう処理すればいいか分かるか？」

「む、かんたん。右耳をきりとる。あとはいらないからすてるべき」

「右耳……。倒した証明ってことか？　それだけで金になるのか？」

「そう。ギルドにもっていけばいい」

なるほど、と継人はゴブリンの死体に向き直る。しかし、刃物もなしにどうやって耳を切り取ったものか。腕を組んで継人が悩んでいると、ルーリエがゴソゴソと服の中からポーチを取り出し、その中から小さな折りたたみ式ナイフを持ち出した。そして、迷うそぶりもなく、あっという間にゴブリンの耳を切り取ると、それを継人に差し出す。

「……おう、サンキュ。……つーかナイフなんて持ち歩いてんだな」

「髪とかきるやつ」

「…………そうか。あとでちゃんと洗っとけよ」

「む、わかった」

ゴブリンの耳は、すでに空になったドライフルーツの袋に放り込む。

「――よし！　じゃあモンスター狩りの続きになるわけだけど、今から狩りの行動方針について説明する」

継人の改まった言葉にルーリエが神妙に頷いた。

＊

棘のように鋭く天を穿《うが》つ奇妙な形状の山々が連なる山脈の麓。そんな山の麓というには、まだまだ勾配は緩やかなその場所にダンジョンはあった。

傾いた太陽が棘の山脈をオレンジ色に染め始める頃合い。人々の姿が溢れ返るダンジョン前の広場の一画で、バケツいっぱいに詰まった魔力鉱石を都合二度も換金した継人は、手の中の千百四ラークを眺め、満足げな様子だった。

一方、隣にいるルーリエは無表情の中に不満の色がありありと浮かんでいる。

「――おい。いつまで、ぶーたれてんだ」

「……むぅ、たれてない。わたしはふつう」

そう言って、そっぽを向くルーリエは完全にへそを曲げていた。

「仕方ないだろ。モンスターが出なかったんだから」

継人の立てた狩りの計画は要するに待機だった。

ゴブリンと戦った五本の道が延びる分岐点で待機し、モンスターを待ち構える。やってきた相手が一匹ならそのまま倒し、もし複数なら背後の採掘場広間に続く通路にさっさと逃げ込む。待機時間もただ待っているだけでは時間の無駄なので、魔力鉱石を採掘しながら待てば無駄もない。

「……もっと、おくにいけばよかった」

「闇雲に奥に行くのは危ないって話しただろ」

ゴブリンが思っていた以上に強く、何より動きが速かった。もし複数匹に出会ったら逃げきることが難しい。ましてやそれが知らない道なら尚更《なおさら》だ。

そんな思いもあって継人が考えた案であったが、いざ始めてみると、待てど暮らせどモンスターが現れない。その代わりとでもいうように、掘っている壁が普段手付かずの場所であるからか、魔力鉱石だけが大量に出てきて、二人のバケツはあっという間にいっぱいになったのだ。

石で溢れるバケツを結局は二度も換金したのだから、これでは狩りにきたのか、採掘にきたのか、本当に分からない。

ルーリエがむくれるのも当然だった。

「……むぅ、でも、モンスターこない」

「俺もあんなに何も出てこないとは思わなかったんだよ。ゴブリンがすぐ出てきたから、もっと続々現れるもんだと……。まあ、帰りにギルドに寄ったとき、ダンジョンの地図が手に入らないか調べてくるから、手に入ったら明日からもっと奥に行く」

「……む、ほんと？」

「ああ」

継人のその言葉を聞いて、ルーリエもようやく納得したように頷いた。

彼女はそのまま虚空に目を向けて、スコップを強く握り、キラキラと半眼を輝かせる。きっと明日活躍する自分を想像しているのだろう。

「じゃあ今日はこれで解散にするか。……と、そういやお前宿はどうする？　また一緒に泊まるか、それとも宿舎とやらに泊まるか？」

「……宿舎にする。あさごはんとばんごはんがついて銀貨三まい。おとく」

「確かにお得だな。俺も泊まりたいくらいだ」

「ツグトはむり。奴隷せんよう」

まあそうだろうな、と継人は納得する。奴隷は主人の許可なしには物の売り買いすらできないのだから、彼女が銀貨三枚を支払えるということは、宿舎というのは奴隷から金を受け取ることを許可された奴隷用の施設ということだ。

（……そういやこいつ、好きな食い物すら自分じゃ買えないんだよな）

ふと、宿の部屋でドライフルーツをもりもりと頬張っていたルーリエの顔を思い出す。

「――……ちょっと帰る前に一軒寄るか」

継人は、首を傾げるルーリエを連れて、もはや馴染みになりつつある露店に立ち寄った。

「やあ、いらっしゃい、お兄さん。そっちのお嬢さんも。元気そうで良かったよ」

「ああ、おかげさまでな」

名前：ラエル
職業：Dランク商人

継人にとってこの世界で初めて会話した相手。タグ無しの彼に声をかけてきたお人好《ひとよ》しの露店商である。ネームウィンドウを確認すると名前はラエルというらしかった。

昨日、彼にはルーリエの治療のため、バケツ二杯分の魔力鉱石を押しつけた上に、ハイネ魔道具店まで紹介してもらっていた。

「――って、お兄さん！　タグがあるじゃないかっ。もう金貨一枚貯めたのかい⁉」

「まあ、なんとかな」

露店商ラエルは、継人のタグを再発行したものと勘違いしているようだったが、訂正するのも面倒なので、継人は説明を放棄して、そのまま適当に話を流した。

「それよりドライフルーツ銀貨一枚分、袋付きで頼む。そっちで適当に詰めてくれ」

「はいはい、まいど。――て、それよりもどうやってそんなにすぐに稼げたんだい？　悪いことかい？」

「違うわ。ほら、あれだ。……エーテル結晶がまた採れたんだよ」

袋にドライフルーツを詰めながら、ラエルが話を蒸し返したので、継人は適当な嘘で躱す。

「なんだ。それなら僕のところへ持ってきてくれればいいのに」

「あんたには昨日バケツで石を売ってやっただろ」

「あれは押しつけたって言うんだ。あのあと僕が受付まで換金しにいったんだよ？」

恨みがましい視線を向けるラエルに、継人は首を傾げる。

「商人なんだろ？　自分で捌《さば》けば良かったんじゃないのか？」

「勘弁してよ。魔力鉱石の取引はレーゼハイマ商会が全て取り仕切ってるんだよ。こんなレーゼハイマのお膝元の、ど真ん中で商売させてもらってる身で、魔力鉱石を横取りするような真似できるわけないよ」

「でも、エーテル結晶は横取りするんだろ？」

「あっはっは。あれぐらいはここで商売するうえでの、たまのボーナスみたいなものさ。……エーテル結晶は小さいからバレないしね。はい、おまたせ」

ラエルがドライフルーツを差し出す。

ドライフルーツの袋を受け取った継人は、

「ルーリエ。手ぇ出せ」

「？」

首を傾げながらもルーリエは素直に手を前に出す。

彼女のその手の上に、継人はドライフルーツの袋をポンと置いた。

ルーリエの眠たげな半眼が袋と継人の顔を何度も行き来し、

「……くれる？」

「ああ、土産だ。──これで今日は本当に解散な。明日も朝から行くから寝過ごすなよ」

「……わかった。ありがと」

そう言ってルーリエはふりふりと手を振ると、テテテと木造の建物に向かって駆けていった。

しかし、

「プレゼントだったんだね」

微笑《ほほえ》みながら言うラエルに、

「そう、プレゼント。あんたが直接奴隷に物を売ったわけじゃない。だから構わないだろ？」

継人は気取った言葉を返した。これ以上ないほどの、したり顔で。

「え？　この広場にある露店は、奴隷にも商品を売れる許可はもらってるよ？」

その言葉に継人はフリーズした。

そんな継人の様子を見て、彼の勘違いに気づいたのか、ラエルは盛大に笑っていた。

いらぬ恥をかいた継人は自分の行動を一瞬後悔しかけたが、自分が渡した袋を大事そうに抱えて建物の中に消えていくルーリエを見て、まあいいか、とため息をつくのだった。

第十六話　魔鉱窟

少年には夢があった。

成長したら、こんな田舎の村など飛び出して、剣を片手に己の力だけを頼りに自由に生きる。そして、いつかは世界中に名が轟《とどろ》くような冒険者になる。

それは世の男であれば誰もが一度は夢想するありがちな夢だった。本来なら、成長とともに忘れてしまうような、そんな純粋な夢。しかし、少年は忘れなかった。

少年は齢《よわい》十五を迎えるころになると、必死に働いて手に入れた剣を片手に、希望に目を輝かせて生まれた故郷を飛び出した。

そこからの少年の道のりは、思い描いていたような平坦《へいたん》なものではなかった。

たどり着いた大きな街で冒険者になったはいいが、生活は厳しく生きていくだけで精一杯。一人では碌《ろく》な依頼が受けられないと仲間を探したが、少年のような新人が相手にされることはない。

苦しい生活。うまくいかない依頼。強いモンスターども。

夢と現実のギャップに苦しんだ少年だったが、それでも少年が腐ることはなかった。毎朝の剣の稽古は一日も欠かしたことはない。少年の瞳は未だ夢の光で輝いていた。

それから数年が過ぎ、少年がいっぱしの冒険者を名乗れるようになったころ。少年にもついに仲間ができた。

一人は体格が自慢の割に、おっとりした性格の重戦士の男。もう一人は口を開けば嫌味しか吐かないが、実はお人好しな狩人《かりゅうど》の男。

ここに美人な魔法使いもいる予定だったんだけどな、と少年は仲間と共に夢を語り合い、笑い合った。

ある日受けた、それはなんでもないような依頼だった。街の付近に出没したゴブリンの討伐。すでにDランクに到達していた少年たちには、簡単と言って差し支えないものだった。すぐに片付けてやる。少年たちは息巻いていた。

しかし、たどり着いた先で彼らを待っていたものはゴブリンではなかった。

食い散らかされたゴブリンの死体。

そして、食い散らかした張本人である――一つ目巨人《サイクロプス》。

四メートルを超える身長に筋骨隆々の体。顔にはギョロリと血に餓《う》えた単眼を持つ巨人。本来、大陸外縁部に存在するはずのない強力なモンスター。しかも元来とは違う、黒い肌をしたそのサイクロプスは、強力な亜種である可能性が高かった。

そんな純然たる化け物が、少年たちを見据えながら、舌なめずりして、愉《たの》しそうに嗤っていた。

まずは重戦士の男からだった。仲間を守るために前に出た彼の脚が、まるで人形のように簡単に引きちぎられた。

続いてお人好しの狩人。サイクロプスの目を射貫《いぬ》こうと構えた彼の弓は、次の瞬間にはなぜか彼の腕ごと腐り落ちた。

そして、最後に少年は――――逃げた。

毎朝訓練を欠かしたことのない剣を抜くこともせず、共に笑い合った仲間の視線を背中に感じながら、本能が発する恐怖という名の声に従い、ただ走り続けた。

仲間は帰ってこなかった。何日待っても帰ってこなかった。

自責の念に耐え切れず、酒を飲んだ。酒を飲むと何も考えずにぐっすり眠れた。

心配した知人が訪ねてくるたび当たり散らした。

当たり散らしている間は、自分は悪くないと思えた。

やがて、心配して声をかける者もいなくなった。

何年も過ぎた。

その間に剣は振るよりも、ちらつかせるほうが金になると学んだ。

もう剣の訓練なんて何年もしていない。する必要がなかった。ちょっと弱そうな奴を小突けば金が出てくる。笑いが止まらなかった。

明日は誰から毟《むし》り取《と》ろうか、と新しい仲間と共に語り合い、笑い合った。

かつて夢で瞳を輝かせていた少年は、もうどこにもいなかった。そこにいたのは下卑た笑いを浮かべ、欲で瞳を濁らせた一人の男だった。

その男は、仲間を見殺しにして逃げ出したときに、未来を夢見た少年も一緒に見殺しにしたのかもしれない。

男の名を――――ダナルートといった。

「――俺に触れるんじゃねぇッ!!」

「きゃあっ！」

一目で粗末と分かる一室。男にベッドから突き飛ばされた女が、テーブルと、その上にあった酒瓶を巻き込みながら、派手な音を立てて床に倒れ込んだ。

薄い生地の服――というよりも、もはや下着に近いような黒い布切れを身に纏っただけの女だ。女は手入れの行き届いていない金髪を伸ばし、顔には濃いめの化粧が施されているが、それでもその不健康そうな相貌は隠し切れていなかった。

「何度も言わせるんじゃねえ……！　俺に触れるなッ！　絶対にだッ!!」

女を突き飛ばし、喚いている男はダナルートだ。

彼は倒れ込む女に散々喚き散らした後で、まだ怒りが収まらないのか、苛立ち紛れにベッドのふちを殴りつけた。

木製のふちが衝撃でガンッと音を鳴らす。

しかしどうしたことか。その音が響いた瞬間、殴りつけた当人であるはずのダナルートが、音に怯《おび》えたように体をビクリと震わせた。そして、何かとんでもない失敗を犯したとばかりに、顔面を蒼白にして体を縮こまらせた。

そのままガタガタと震え、頭を抱えたダナルートは、

「くそっ、くそっ、くそっ、くそっ――」

と繰り返しながら、己のステータスに目をやる。

名前：ダナルート　HP：137／137（－239《マイナス》）
種族：人間族　MP：392／392
性別：男　筋力：16
年齢：25　敏捷：10
Lv：21　知力：17
状態：呪い　精神：11

スキル
【剣術Lv5】【見切りLv1】【解体Lv3】【採取Lv1】【掘削Lv1】【逃走Lv2】【恐喝Lv2】【窃盗Lv2】【魔力感知Lv1】【魔力操作Lv1】【言語Lv3】【算術Lv2】

装備：ステータスタグ【アカウントLv1】【システムログLv1】

そこにあるのは、状態：呪い、という明らかな異常を知らせる表示。

そして――（－239《マイナス》）という恐ろしい補正値。

ダナルートの感覚で言えば、補正を受けて残ったHP137という数字はあまりにも低かった。

年々衰えていく自らのパラメーターを考慮しても、ありえないほどに低すぎた。

ダナルートが覚えている限りでは、こんなに低いHPは、まだ自分がほんの小さな子供だったころ――それこそ、初めて聖教会でタグを作ったときにまで遡らなければ記憶にない。

もし、こんなHPでモンスターと戦うことにでもなったら、いや、それどころか普通の人間相手に戦ったとしても、いや、もしかしたら道で転んだだけでも下手をすれば死――……。

「ふざけるなッふざけるなッふざけるなッ……！　あの野郎がやったんだ……。なんとかしねえと……、なんとかッ……」

倒れ込んだ女が狂人を見るような目でダナルートを見ていたが、彼はそんなことなど気にも止めない。濁った目を血走らせて、時折部屋の片隅に立てかけられた自分の剣に目をやり、そしてまた、ブツブツと呟き続けた――。

＊

Eランクダンジョン『魔鉱窟』。

全五階層からなる小規模ダンジョン。

主な出現モンスターはゴブリンやビッグラット、ビッグモス等《など》の下級モンスターであり、危険度の高いものでもビッグポイズンスパイダー、最下層で確認されたブルーキラーフィッシュの二種に限られる。

魔鉱都市ベルグの礎ともいえる魔力鉱石の安定確保のために、レーゼハイマ商会が出資し、常に冒険者によるモンスターの間引きが行われているために、その絶対数も少ない。故に、ダンジョンの難易度はもっとも低いEランクである。

昨日、ルーリエと別れた後に、冒険者ギルドに立ち寄った継人が聞くことができたダンジョンの情報である。

その情報とともに手に入れた一枚の紙切れを手に、継人は今日もダンジョンに足を運んでいた。

本日の彼の出で立ちは、昨日までとは少しばかり違う。

履き古した白いスニーカーが消え、代わりに黒い革のブーツが足を包んでいる。

そして、腰に巻かれた茶色い革のベルト。鞘《さや》と一体になったその分厚いベルトには、三本のナイフが収まっていた。

「――……ふあ、ふぁあああぁぁぁ」

紙切れを眺めながら歩を進めていた継人が、不意に大きな欠伸を漏らす。心なしか目もショボショボとさせていた。

「……む、ねぶそく？」

隣をトコトコ歩くルーリエが首を傾げた。

「……ああ、【魔力感知】の練習してたら結構寝るのが遅くなった」

「【魔力感知】できた？」

前日の狩り――というよりもほとんど採掘であったが――の最中、継人はルーリエから【魔力操作】の教示を受けた。

【魔力操作】とは魔力、つまりは己のＭＰを意思のままに操る技術のことをいい、この技術を習得するためには、まずは操る対象であるＭＰを感じ取るスキル【魔力感知】の習得が必須になる。

故に継人は【魔力感知】習得のため、寝る間も惜しんで瞑想《めいそう》に耽り、己の中にあるはずの魔力なるエネルギー体を一晩中探し続けたのだが――

「……全然駄目だ。正直、そんな謎エネルギーが本当にあるのかよって囁きかけてくる理性との戦いで、俺はもう疲れた」

「……おうえんしてる」

はあ、とため息をつく継人の前に、もう馴染み深い最初の分かれ道が見えてきた。

右手が、継人がこの世界にやってきたときに立っていた場所がある方面へと続く道。左手が採掘場広間へと続く道だ。

継人は手に持った紙切れに目を落とした。

この紙切れは地図である。冒険者ギルドにて銀貨一枚で販売されていた『魔鉱窟』一階層を細かく記したものだ。

その地図によると、地下二階層に進むには右手の道を進まなければならないようだ。左手の広間方面への道は、広間を抜けた先から複雑に入り組んだ作りになってはいるが、結局は全て行き止まりになっている。

とはいえ、継人たちの目的はダンジョン攻略ではなく、狩りである。少なくとも今は二階層には用はないし、そもそも二階層の地図は買っていない。

というわけで、継人たちは左手の道を進み、広間を抜け、前日と同じくゴブリンと戦った五つの分岐が立ちはだかる場所へとやってきた。

「――さて」

継人は地図を眺めながら、この分岐をどう進もうかと思案する。

まず、地図を見るまでもなくありえないと除外できるのが、五つに分かれた分岐の一番右側の道だ。

その道は、通称『ゴミ穴』と呼ばれる、巨大な穴が存在するだけの袋小路《ふくろこうじ》だ。

地図には、このゴミ穴の位置にデカデカと髑髏《どくろ》マークが印《しる》してある。これは、致死性のトラップという意味だ。というのも、この通路のちょうど真下が底なしの空洞になっており、そこに一歩でも足を踏み入れれば、落とし穴のように床が抜けて、下の空洞へと真っ逆さまというわけなのだ。その際に崩れた床も、壁と同様ダンジョンの不可思議な復元現象で元通りになり、何度でも落とし穴のように機能し続けるというのだから、トラップとはよく言ったものだ。

冒険者ギルドからも、この底無しの穴に落下して帰ってきた者は一人もいない、生還率0％の凶悪なトラップだから充分に気をつけるように、との注意を地図を買う際に継人は受けていた。

実際の落とし穴がある場所には――

『この先、落とし穴注意　レーゼハイマ商会』

――という採掘人を守るための看板が大量に並べられ、落とし穴自体はほぼ無力化されているのだが、本当に落とし穴以外には何もない場所なので、この道を考慮する必要はない。

というわけで、消去法で残り四本の道から選ぶことになるのだが――

「代わり映えしないな」

「む？」

「いや……どの道を進んでも最後には行き止まりだし、どこかゴールを目指してるわけでもないし、どっちに行っても同じかなってな」

「めざしてるのはレベルアップ。モンスターがいればいい」

スコップをギュッと握り、ふんすっと息巻くルーリエ。

「だな」

彼女の言葉に納得したように継人も頷き、地図から目を離すとツルハシを担ぎ直した。

今日は二人ともバケツは持っていない。

「じゃあ行くか、索敵は頼んだぞ」

「……まかせてほしい」

耳をぴくぴくと動かしながら先導を始めるルーリエ。

彼女に続き、継人もまたダンジョンの奥へと進んでいった。

第十七話　ビッグラット

時折地図を見ながら、ダンジョンを十分ほど進んだ先。

「——む」

ルーリエの耳がぴくりと動く。

「いた」

その端的な言葉が響くと同時に継人はツルハシを構えた。

何がいたのかなど聞き返すまでもない。

「何匹だ？」

「一匹。あっち」

二人は短いやり取りで確認を済ませる。

今回はしっかりと心の準備ができていた。

相手が一匹、尚且《なおか》つビッグポイズンスパイダー以外であれば戦う。その他の場合は迷わず撤退。

事前にそう取り決めていた。

ビッグポイズンスパイダーだけは、その名のとおり毒を持っているので、一匹であろうと戦う気はない。

待ち構える二人の視線の先。蛇行した通路が切れる岩壁の向こうから影が差した。

継人は最初、それが猪《いのしし》に見えた。茶色い体毛が生えそろい、四足歩行の生物。

あちらも継人らに気づき、威嚇するように鳴き声をあげる。

そこで継人は答えにたどり着く。鼠だ。それは鼠だった。猪ほどのサイズを誇る巨大な鼠。『魔鉱窟』に現れる鼠のモンスターは一種のみ、ビッグラットである。

「ビッグラットだ！　やるぞ！」

継人がモンスターから視線を外さないまま、ルーリエに向けて声を張る。その瞬間、まるで声が合図であったかのように、ビッグラットが二人に向かって突っ込んできた。

それはゴブリンと同じくモンスター故なのか、ビッグラットは逃げるそぶりすら見せずに向かってくる。

そしてそのスピード。速い。ゴブリンに匹敵する速度だった。ゴブリンの突進を経験していなければ、また慌ててしまったかもしれない。しかし、一度経験している。今度は冷静だった。

継人は一歩踏み出す。

そしてそのまま、突っ込んできたビッグラットの脳天に――――ドンピシャリのタイミング、ツルハシを振り下ろした。

「――――ちっ」

鈍い音を立ててツルハシの突端が地面を穿つ。外した――――いや、躱されたのだ。

直角に身をひるがえしてツルハシを掻《か》い潜《くぐ》ったビッグラットが、その勢いを殺さないまま、継人を避けるように迂回《うかい》する。そして向かった先は――――ルーリエだ。

「む」

ルーリエは怯まずに迎え撃った。ゴブリンにそうしたようにスコップを力任せに振り回す。そして、横一閃に振り抜いた一撃が見事に鼠の顔面を殴りつけた。

――だが軽い。ゴブリン相手にもそうであったように、彼女の一撃では大したダメージは与えられなかった。せいぜい相手が少し怯んだくらいだ。

しかし、少し怯めば充分だった。

――ズゴチュッ！　と生物が出してはならない、取り返しのつかない音がビッグラットの腹から鳴った。

腹には継人の黒いブーツの爪先が深々とめり込んでいた。

腹を貫く衝撃と痛みでよたよたと後退するビッグラット。しかし継人は許さない。もう一撃。今度はその顔面目掛けて、まるでサッカーボールでも蹴るように右脚を振り抜く。

避けようにもダメージでうまく動けない鼠は為す術がない。肉と骨が潰れる音が響き、その感触が生々しく継人の脚を伝った。

そして――ビッグラットは動かなくなった。

警戒を解かないままビッグラットに歩み寄り、体を足で突いて確認し、ビッグラットが再び動き出さないのを確信したところで、継人はようやく、ふう、と息を吐いた。

前回の反省が活《い》きた結果か。あるいは単純にビッグラットがゴブリンよりも弱かったからか。それともその両方か。なんにしたところで変わらない。

二度目のモンスター戦は完勝だった。

「――やったな」

ルーリエに振り返りながらそう言った継人だったが――そこに彼女がいない。

あれ？　と思い視線を巡らせると――いた。小さすぎて見えなかったが、ルーリエは継人の足元にしゃがみ込み、彼の黒いブーツをぺたぺたと触っていた。

ルーリエは、そのまま継人の顔を仰ぎ見ると、疑問の言葉を漏らす。

「ツグト、きのうとちがうクツ」

少女のあまり抑揚のない声で響いた疑問に、

「……気づいてしまったようだな」

継人は得意げにニヤリと笑った。

そして、そんな継人の言葉に、

「そう。わたしは気づいてしまったよう」

自分はとんでもない発見をした、とばかりにルーリエは神妙に頷いた。

彼女のその態度に気を良くしたのか、継人は笑みを濃くする。そして、不意に片足をひょいと上げると、その爪先で――靴に踵《かかと》が入らないときそうするように――トントンと地面を軽く叩いた。

すると、ゴツッゴツッ、と爪先どころか鈍器で岩を叩いたような音がそこから響いた。

おおぉ！　とルーリエが大袈裟《おおげさ》に驚き、その様子に継人がますます得意げになる。

継人はビッグラットを僅か二発で蹴り殺した。レベルアップして多少筋力値が上がったとはいっても、昨日までの彼ならとてもそんな真似はできなかっただろう。それを可能にしたのが彼が今履いている、この黒いブーツだった。

このブーツは前日、せめてナイフの一本でも買えないものかと立ち寄った、冒険者ギルド近くの武具店で手に入れた品である。

　完全に冒険者向けに作られたこのブーツは、希少なモンスターの革を贅沢《ぜいたく》に使った耐久性に優れた一品であるが、最大の売りはそこではない。一見しただけでは分からないが、このブーツの爪先には鉄板が埋め込まれているのだ。鉄板自体は耐久性向上のためのもので「オークに足を踏まれても大丈夫」とは武具店の店主の言であるが、継人にとってそれはどうでもいいことだった。

　彼にとってこのブーツは防具ではない。武器なのだ。鉄板が仕込まれた爪先部分は、使い方を変えれば立派な凶器になる。腕の三倍と言われる脚の筋力をもって、鉄の鈍器を相手に叩きつける。その威力は凶悪の一言で、モンスターといえど無事では済まないことはすでに証明している。

　そして、さらに特筆すべきがブーツの値段。二万八千五百ラークである。当たり前だが継人が手を出せる値段ではない。では、どうやって手に入れたのか。その答えは――トレードである。

　熱心に安い装備品を探す継人が履いた――この世界には存在しない珍しい靴――スニーカーに興味を引かれた店主との交渉の末、見事、一足五千円に満たないスニーカーと、金貨三枚近い値段の黒いブーツの交換が成立したのだ。

　しかも、それだけでは飽き足らず、腰から下げた三本の投げナイフと鞘付きのベルトまでおまけに付けさせた継人の交渉力は、なかなかのものであるといえる。

「……すごい。つよそう」

「そうだな。実際使ってみた感じ、かなり使えそうだ。【体術】スキルの兼ね合いも考えたら、ツルハシよりも強いかもな」

　会話しながらも、ビッグラットの討伐証明部位である尾を切り取り、用意してあった大きめの袋にそれを詰める。その作業が終わると、ここにはもう用はない。二人はさらにダンジョンの奥へと歩を進めた。

それほどの間を置かず、ルーリエが新たなモンスターを捕捉した。

またビッグラットである。一匹だったので同じように迎え撃つ。

先ほどの焼き回しのように突進してきたモンスターに、ツルハシ――ではなく、今度は蹴りを放つ。

それが良かったのか、避けられることもなくビッグラットの顔面にカウンターで蹴りが入り、一撃で呆気なく決着がついた。

「楽勝だったな」

「……らくしょう」

余韻に浸るほどの何かはなかったので、さっさと尾を回収し、さらに進んでいく。

分かれ道のたびにしっかりと地図を確認して、念のために出口方面の通路にはツルハシで印を刻む。

そうやって進んでいると、ルーリエが次々とモンスターを捕捉する。方針どおり一匹なら戦い、複数なら来た道をそっと引き返し、別の道を進む。そうしているうちに、さらに三匹のビッグラットを仕留めた。これで合計五匹。代わり映えもせずに継人の蹴り一撃で沈んでいく。

順調だった。ここまでは本当に何の問題もない。唯一心配なことと言えば、ビッグラット五匹を仕留めたのにまだレベルアップしない、ということぐらいか。

もしかしたら、ビッグラットでは弱すぎて、レベルアップのために必要な経験値的なものがあまり手に入らないのかもしれない。

そんな心配事をよそに、

『経験値が一定量に達しました』

『【体術Lv2】が【体術Lv3】に上昇しました』


六匹目のビッグラットを仕留めた瞬間、継人の頭の中に【システムログ】の声が響いた。

初めてのスキルレベルの上昇である。おそらく蹴りを多用した結果だろう。この【体術】スキルを鍛えるという狙いもあり、〝攻撃に使えるブーツ〟という分かりにくい武器を継人は選んだのだ。その甲斐《かい》があったというものだった。

次に現れたモンスター、またビッグラットだ。

継人はビッグラット相手に【体術Ｌｖ３】の効果を試す。

とはいっても、今までとやることは変わらない。突進に合わせてカウンターで蹴りを放つだけである。

「――……凄いな。こんなに違うのか」

動かなくなったビッグラットを見下ろしながら、思わずこぼしてしまうほどに【体術Ｌｖ２】と【体術Ｌｖ３】の間には明確な違いがあった。

体が蹴りの動きに最適化されたように自然に動き、蹴りのキレが恐ろしく鋭くなっている。

コツを掴む、という言葉だけでは片付けられない。その感覚をさらに先鋭化し明瞭にしたような奇妙な感覚。スキルレベルの上昇は、継人が思っていたよりも、はるかに劇的ものだった。
順調だったものが盤石になり、その勢いのまま合計九匹目のビッグラットを蹴り屠《ほふ》ったとき――

『経験値が一定量に達しました』
『Ｌｖ9からＬｖ10に上昇しました』

継人のレベルが二桁に乗った。

第十八話　ビッグモス

名前：継人
種族：人間族
性別：男
年齢：17
Lv：10
状態：呪い

HP：256／296
MP：33／57（－《マイナス》239）（＋《プラス》10）
筋力：15
敏捷：12
知力：12
精神：15

スキル
【体術Lv3】【投擲術Lv1】【言語Lv4】【算術Lv3】

ユニークスキル
【呪殺の魔眼Lv1】

装備：ステータスタグ【アカウントLv1】【システムログLv1】

筋力と敏捷が2ポイント、知力と精神が1ポイントずつ上がった。

これに加えて、先ほどレベルアップした体術スキルもある。

今日一日だけでどれほど強くなれたのだろう。

継人はニヤつきながらステータスを眺めていた。

「……レベルアップした？」

ルーリエが継人のシャツをくいくいと引っ張りながら尋ねた。

継人が彼女の言葉に頷くと、

「むぅ、ずるい。わたしも戦いたい」

ルーリエが不満を漏らした。

彼女がそう言い出すのも無理はない。なにせ、彼女は最初のビッグラット相手に少し戦っただけで、その後の戦いはただ見ているだけだったのだ。

今日の狩りに臨むにあたって、己の勇姿を思い描いていたルーリエにとっては、ストレスの溜まる展開である。継人だけがレベルアップして、自分が置いていかれたとなれば尚更だった。

継人はポリポリと頭を掻く。

ルーリエがそろそろごね出すのは分かっていた。時折、継人のほうをジッと見ながら、やる気をアピールするようにスコップを素振りする彼女の姿に、随分と前から気づいていたからだ。

だが、モンスター相手にせっかく通用している必勝戦法を崩すのも怖い。そう思い、あえて無視していた継人だったが、それも限界のようだった。

「分かった。次は少しやり方を変えよう」

レベルアップした直後なので、やり方を変えるタイミングとしてはちょうど良いかもしれない。それに少し気になることもあった。

次のモンスター。またしてもビッグラットだった。

今度はカウンターの蹴りを少し変える。足を突き出す前蹴りではなくて、横からの回し蹴りだ。

ビッグラットの左側面、左前足の根本から胸にかけてを蹴り砕いた。

レベルアップの効果もあり、急所を外れても大ダメージを与えられた――が、まだ生きている。

「――ルーリエ！　とどめを！」

継人の言葉にルーリエが飛び出す。

ビッグラットに向けてスコップをスイング。一撃。二撃。三撃。その攻撃はやはり軽いが、相手は継人の蹴りを受けすでに瀕死《ひんし》だ。問題ないだろうと継人は黙って見守る。

それから三分ほど、ルーリエは攻撃を続け、ようやくビッグラットの動きが完全に止まった。

「……ふぅ、ふぅ、やった。勝った」

「時間かかりすぎだけどな。つーか、なんでスコップを振り回すしかしないんだよ。ゴブリンと戦ったときみたいに突きも使え」

「あれは必殺技。ピンチのときいがいはひかえるべき」

「お前な……」

その後、同じようにさらに二匹のビッグラットを仕留める。そして――。

ルーリエがスコップを掲げてポーズを取っていた。見覚えがあるポーズだ。継人は自分も同じポーズで喜んでいたことがあるのを思い出し、やや苦い顔をしながら彼女に尋ねた。

「ずばり。そこに気づくとはさすが」

どや顔でふんぞり返るルーリエをスルーし、継人はさらに質問を重ねる。

「今日はそれが最初のレベルアップだよな？」

「む？　そう。レベル8になった」

やはりそうか、と継人は顎を撫でた。

レベルというのは魂の大きさや強度。モンスターを狩ることでレベルが上がるのは、殺したモンスターの魂を己の糧として取り込んでいるから。そういう説が一般的だという話だった。

その説が正しいとした場合、モンスターの魂を取り込むためには、モンスターを殺す行為に、かなり直接的に関与しなければならないのかもしれない。

例えば、ルーリエは狩りの貢献度でいえば、索敵だけしていたときのほうがむしろ高かった。継人の手加減の手間が減るし、なにより戦闘時間が圧倒的に短くて済むからだ。

しかし、そのときは貢献度は高くても、ルーリエのレベルは上がらなかった。彼女よりもレベルが高く、レベルが上がりづらかったはずの継人のほうが、先にレベルアップしたくらいだ。

これは索敵という行為が、モンスターの死に直接関与しておらず、そのせいでモンスターの魂を取り込めなかったからではないだろうか。その証拠に、手負いのモンスターにとどめを刺し出した途端――つまり、モンスターの死に関与し始めた途端に、あっという間にレベルアップした。

もちろん、まだまだデータが少ないので確かなことは言えないのだが、それでも、一緒にパーティーを組んで狩りをすれば勝手に経験値が均等に分配されるような、そんな単純なシステムではないことだけは間違いない。

「――まあ、ゲームじゃないんだし、当たり前っちゃあ当たり前か」

「げーむ？」

「いや、なんでもない」

とにかく、レベルアップには狩りの貢献度よりも、切った張ったの直接戦闘が必要だというのなら、ルーリエに索敵だけを任せるという選択肢はもうない。狩りの目的は二人でレベルアップすることなのだ。

そう考えたら、継人が削って、ルーリエがとどめをさす。この戦法は最適解だと言っていいかもしれない。

ビッグラットから尾を回収した二人はさらに先に進む。

「む、あっちにビッグラット一匹」

ルーリエの尖った耳がぴくぴく動き、報告が飛ぶが、今までと少し違う。モンスターの姿が見える前から、それがビッグラットだと断定していた。

「また鼠か。出会いすぎて、ついにビッグラットの足音でも覚えたのか？」

「そう。それと【聴覚探知】がレベル3になったら、もっと聞こえるようになった」

「マジか。いつ上がったんだ？」

「さっき。レベルアップのとき、いっしょにあがった」

そんなことを話しながらも、継人の蹴りからルーリエのとどめ、と余裕を持ってこなしていく。

レベルが上がった効果でルーリエの攻撃力も上がっている。そのうえ索敵もさらに向上したとなれば、もはや隙はないと言っていい。ビッグラット限定の話ではあるが。

「――なんか鼠ばっかりだな」

ビッグラットの尾をナイフで切り落としながら、継人がぽつりとこぼした。

するとと、継人のその言葉を聞いていたようなタイミングで、

「む。……しらない音」

ルーリエの索敵に新たなモンスターが引っかかった。

継人は尾を放り出すと素早くツルハシを拾う。

「何匹だ？」

「一ぴき……。もさふぁさぼふぁって、きこえる。あっち」

謎の擬音はともかく、一匹ならビッグポイズンスパイダー以外は迎え撃つ算段である。

「蜘蛛《くも》なら逃げるからな」

と継人が確認の声をあげたところで現れた。

空気を揺らしながら、洞窟の壁から壁へ。そいつは不規則に飛び回っていた。

大きさ一メートルに僅かに満たない茶色い体。バタバタと羽を羽ばたかせるたびに粉のようなものが宙に舞う。――蛾《が》。それは蛾だった。『魔鉱窟』に現れる蛾のモンスターは、

「――ビッグモスだ！　鱗粉《りんぷん》を浴びるなよ！」

継人は声とともに手の中のナイフを投擲する。先ほどまでビッグラットの尾を切り落とすのに使っていたナイフを、本来の用途で使用したのだ。

しかし、両者の距離はまだ二十メートル以上ある。

ナイフは壁に外れて、キンッと高い音を立てるにとどまった。

【投擲術】のスキルが仕事をしてくれるかと期待したが、スキルレベル1ではこんなものかもしれない。

継人は舌打ち一つ、しかし、すぐに今度は地面から適当な石を拾うと、ビッグモスに向けて投げ始める。

「ルーリエ、お前も投げろ」

「む、わかった」

二人でガンガン石を投擲していく。そのうちいくつかの石がビッグモスの柔らかい体に当たり、そのたびに蛾は派手にばたついて、鱗粉を振《ふ》り撒《ま》く。その鱗粉から逃れるために継人たちもジリジリと後退し、下がりながらも次々と石を投擲していく。

ビッグモスは『魔鉱窟』に存在するモンスターの中でも最弱である。継人の蹴りどころか、ルーリエのスコップスイングでも一撃で仕留められるだろう。しかし、継人はできることならこのモンスターには近づきたくなかった。なぜならビッグモスの鱗粉には毒があるからだ。

毒といっても強力なものではない。万が一喰らっても命を落とす心配はない。だが――痒《かゆ》いのだ。その毒をひとたび浴びれば、掻いても掻いても引かない痒みに丸一日は悩まされることになる。そんな毒鱗粉を振り撒く、まさに嫌がらせみたいなモンスターがビッグモスなのだ。

鱗粉から二人してわーきゃーと逃げ回り、それでも気合いで石を投げ続けること十分弱。

壁に止まったビッグモスの背に、継人が投擲したソフトボール大の石が直撃した。

石と壁に挟まれ胴体が潰れたビッグモスは、最後は暴れるでも、もがくでもなく、呆気なくぽとりと地面に落ちて動かなくなった。

「…………はぁ、はぁ、はぁ、はぁ」

「…………ふぴー、ふぴー、ふぴー」

戦いが終わったときには、二人とも息も絶え絶えだった。

ある意味強敵だった。

「……はぁ、はぁ、できるだけ、ビッグモスはなしの方向で頼む」

「……ふぴー、きを、つける」

息を整えてから、ビッグモスの討伐証明部位である触角を二本とも切り取る。一本だけだと半額しか報酬を受け取れないと聞いているので、忘れずに二本切り取り、ビッグラットの尾が入った袋に一緒に入れておく。そして、途中で放り出した尾と最初に投擲したナイフを回収し出発する。

そこからはまたビッグラットが続いた。

蛾と無駄な激戦をしたせいで、継人は鼠の顔を見るとホッとするようになっていた。

ルーリエのおかげでビッグモスは事前に察知して避けられたので、ひたすらビッグラットとの戦いが続く。

そして、もう討伐証明の尾で袋が重いから、一旦引き上げようかと考え始めたときだった。

「――む、むむ」

ルーリエの耳がせわしなく動く。継人は、もうお馴染みの光景だ、とツルハシを構える。が、ルーリエは「む？」と首を傾げるだけで、索敵結果の報告をしない。

「ん？　どうした、モンスターじゃないのか？」

「……むぅ……なにかいる……きがする……？」

その言葉に、継人は警戒してあたりを見回すが――少なくとも彼には、何かいるようには見えない。

「じゅさってしてから、ざざって、きこえた。ちょっと」

要領を得ないルーリエの説明だが、今まで見事に索敵をこなしてきた彼女の言葉だ。信用しないわけにはいかない。

継人はもう一度、ゆっくりと周辺に視線を巡らせていく――……やはり、何も発見できない。

どういうことだ？　と考えながら、うーん、と悩むように視線を上げた、そこに――

いた。

洞窟の天井に張り付いた赤黒い巨大な蜘蛛と目が合う。

『魔鉱窟』に存在する蜘蛛のモンスターは一種のみ。

しかもそれは、このダンジョンに二種存在する危険度の高いモンスターの片割れ。

ビッグポイズンスパイダーだった。

第十九話　ビッグポイズンスパイダー

「――上だッ!!」

一も二もなく継人は叫んだ。

彼の焦りが色濃く込められた声に、ルーリエは即座に反応し頭上を見上げる――が、遅い。

すでにビッグポイズンスパイダーは、隙だらけのルーリエ目掛けて躍りかかっていた。

見上げたときには視界を埋め尽くしていた、赤黒い毛むくじゃらの蜘蛛の体。

ルーリエは為す術なく固まった。

が、
彼女の視界の横から、ぬっとツルハシが伸び、彼女と蜘蛛の間に割り込んだ。

継人だ。

彼がルーリエを庇《かば》うために、急いでツルハシを割り込ませたのだ。

しかし、そのツルハシには攻撃の意図も威力もない。ただ必死に、ルーリエと蜘蛛の間に障害となるように割り込ませただけ。

故に、
蜘蛛はその八本脚を器用に操り、ツルハシの先端に、ふわり、と着地した。

体長一メートルを超える巨体とは思えない蜘蛛の所作に、唖然とする継人をよそに、今度はツルハシの先端から軽やかに飛《と》び退《の》いた蜘蛛は、継人たちの背後にまるで退路を断つように着地し、立ち塞がった。

「スコップを前に構えろッ！　絶対に組みつかれるなッ！」

継人は言い切ると返事も待たずに駆け、ツルハシを蜘蛛の頭上から縦に一閃。

しかし、蜘蛛は後ろに軽く跳ねただけで、いとも簡単にその一撃を躱す。

この一撃、継人自身も当たるとは思っていない。むしろ避けさせるための一撃だった。ただ――後ろでは意味がない。横に避けて、塞いでいる退路を開けてほしかったのだ。

そう、継人は当初の方針どおりに、牙に毒を持つこの危険なモンスターから逃げるつもりでいた。とはいえダンジョンの奥に逃げる手はない。そちらに逃げて、新たなモンスターと挟み撃ちになりでもしたら目も当てられない。

だからこそ、なんとかして目の前から蜘蛛を退《ど》かさなければならなかったのだが、一撃目は失敗した。

「クソッ」

継人は吐き捨てながらツルハシを構え直す。

そのままツルハシを正眼に構え、蜘蛛を真正面に捉え、相対した。

すると、蜘蛛が八本脚を器用に動かし、その場で斜めに向き直る。

まるで自分と向かい合うのを拒否するような蜘蛛の動きに、継人が「なんだ？」と、内心で首を傾げたときにはもう遅かった。

瞬きする暇すらなく、蜘蛛は継人の横を容易《たやす》く通り過ぎると、一瞬で彼の視界の外へと駆け抜けていった。

それは、視線ですら追いきれないほどの驚異的な速度だった。いや、もはや速いなどという次元ではない。あれだけ速いと思っていたゴブリンと比べてなお、比較にならない圧倒的スピード。そのスピードから逃げ切ろうと考えていたのが馬鹿らしくなるほどのものだった。

それでも継人は自分の横を通りすぎる影だけは僅かに捉えた。その影を追い、全力で視線を走らせる。蜘蛛が向かった先は自分の斜め後ろ。

その場所には――

振り向いた先、継人の目に飛び込んできたのは、巨大な蜘蛛がルーリエの小さな体に組みつき、押し倒す瞬間だった。

ドクンッと心臓が鳴る。

ルーリエッ！　そう叫べたのは彼の意識だけだった。実際の唇の動きはまるで間に合っていない。

すぐに！　早く！　急げ！　と気ばかりが急《せ》くが、体が、脚が、まったくと言っていいほど動いていない。

まだ一歩？　嘘だろう？　継人は自分自身のあまりの遅さに愕然とするしかなかった。

ルーリエに覆いかぶさる蜘蛛を見ながら、継人の意識だけが加速していた。その加速した感覚には覚えがあった。そう、バスの中だ。事故の瞬間、自らに迫ったガラス片の群れ。避けるのが決して間に合わないと悟ったときのあの感覚――。

それは、走馬灯に喩《たと》えられることもある、神が人間に搭載した悪趣味な機能。

もう間に合わない。力及ばない。そんな目を背けたくなるような瞬間を、永遠のようなスローモーションで、残酷に、たっぷりと、見せつける――つまり、つまりもう、継人はルーリエを助けるのが間に合わない。

――だが、

「ギシィィィッッ！」

蜘蛛の苦鳴が響いた。

ルーリエに覆いかぶさり、彼女に毒の牙を突き立てようとした蜘蛛の口には――しかし、スコップが刺さっていた。それは、「スコップを前に構えろ」と継人が出した指示を、ルーリエがしっかりと守っていたが故のことだった。

蜘蛛の目にも止まらぬ高速移動。そこからの組みつき。そして噛みつき。ルーリエは移動にも組みつきにも反応できなかった。だが、最後の噛みつきにだけは、前に突き出していたスコップを動かすのが間に合ったのだ。

「むうううううう」

ルーリエは地面に組み敷かれながらも、唸《うな》り声とともにスコップをグリグリと動かし、蜘蛛の口の中をえぐる。これには蜘蛛もたまらず、ルーリエの上から飛び退こうとしたが――

瞬間、蜘蛛の胴体の半分と脚三本がまとめて吹き飛んだ。

「虫けらが……ビビらせやがって」

蜘蛛の傍らで、継人は蹴り上げた脚を下ろした。

彼のブーツには、蜘蛛の体液がベッタリと付着していた。

蜘蛛は己に何が起こったのかも分からず、残った脚を必死に動かし距離を取ろうとするが、その脚の動きに力はない。もはや、ただもがいているにすぎなかった。

鼠と同じく、とどめはルーリエだった。

自身の上でもがく蜘蛛をスコップで突き返し、それでも足らないとばかりに「むん！」と、その尖端を蜘蛛の口の奥深くまで突き入れたところで、ビッグポイズンスパイダーは完全に沈黙した。

そして――

『経験値が一定量に達しました』
『Lv10からLv11に上昇しました』
『スキル【極限集中Lv1】を取得しました』

＊

「……おこってる？」

時刻は昼下がり。

狩りを終了し、ダンジョン前の広場に戻るなり、ルーリエが継人のシャツをくいくいと引っ張りながら尋ねた。

「怒る……って、俺がか？」

「そう。ずっとだまってる。わたしがクモをみつけられなかったせいで、おこってる」

ビッグポイズンスパイダーを倒し終えるなり、今日は引き上げる旨を伝え、それ以来黙り込む継人の様子を見て、ルーリエは素敵に失敗した自分に対して彼が怒っていると思っていた。

継人を見上げる少女の顔は相変わらずの無表情ではあるが、そこには僅かばかりの不安と、しょんぼりとした雰囲気が漂っている。

そんな彼女の様子に継人はやや苦笑しながら、

「そんなことで怒るわけないだろ。ちょっと一人反省会してただけだ」

と言って、その白いふわふわの巻き毛をポンポンと撫でた。

すると、ルーリエからは不安げな様子が消え去り、代わりに、

「む、仲間はずれはよくない。ふたりはんせーかいにするべき」

今度は無表情の中にぷりぷりと不機嫌さを内抱させて言い放った。

継人はルーリエの表情豊かな無表情を読むのも随分と慣れてきたな、などと思いながら、相棒の要望に応えることにした。

本日の狩りは概《おおむ》ね順調に進んだが、最後のビッグポイズンスパイダー戦だけはかなりきわどかった。

もし、ルーリエが違和感を感じ取れていなかったら、
もし、継人が天井を見上げなかったら、
奇襲をまともに喰らい、危なかっただろう。

蜘蛛は天井に張り付いてジッと身を潜めていたのか、あるいは【聴覚探知】に引っかからないほどの忍び足で近寄ってきたのか、そのどちらなのかは分からないが、どちらの場合であっても【聴覚探知】は掻い潜れるということだ。

そんなことにも考えが至らず、特に狩りの後半ではルーリエの【聴覚探知】に頼り切りになって、周りの警戒すら疎にしていなかったのが継人の大きな反省点だった。

さらに言えば、蜘蛛の隠密性《おんみつ》に圧倒的スピード。それらの特性を、モンスターの情報を調べた段階で見落としていたのもいただけない。

蜘蛛を避けることも、蜘蛛から逃げ切ることも困難だと事前に分かっていれば、当然、用意しておくべきものがあったのだ。

「――やっぱ毒消しは必須だったか」

「ひっす。よういするべき」

「……昨日は金がなくてなー。あ、スニーカーのトレードに毒消しも付けろってゴネれば良かったのか。思いつかんかった」

「だいじょうぶ。きょうはお金がいっぱい」

ルーリエが膨れた上がった袋をぽふぽふと誇らしげに叩いた。

討伐証明部位が詰まった袋である。

「一番安い鼠のしっぽばっかりだけどな。まあ、それでも鼠一匹百ラークだから、それなりの値段にはなるはずだ。その金で最低、解毒ポーション二つは用意しないとな。HPポーションもできれば一つはほしいけど……それは残金と相談だな」

こくり、とルーリエが同意する。

「じゃあ、ちょい早いけど今日はこれで解散な。換金と買い出しは任せとけ。残った金は明日の朝、半分渡すから――て、お前まだ宿代平気だよな?」

「へいき。まだ銀貨九まいある」

「そうか。じゃあ、また――」

荷物を確認し、別れの挨拶を口にしようとしたところで、継人が気づいたように言葉を切った。

「――……お前、まだ日が高いからって間違っても一人でモンスター狩りに行ったりするなよ？」

ビッグポイズンスパイダーを倒した際、継人だけでなくルーリエもレベルアップしていた。

元々が荒くれ者にも立ち向かうような気の強い少女である。注意しておかないと、レベルアップで気が大きくなって、一人で狩りに出かけかねない。

「わかった。いかない」

「よし。んじゃまた明日な」

ルーリエの返事に安心したように頷くと、継人はダンジョン前の広場を後にした。

去っていく継人の背中に、手をふりふり見送ったルーリエは、その背中が見えなくなると、しばらくの間ぼんやりとしていた。

そして、ふと空を見上げ太陽の位置を確認すると、スコップをギュッと握り直し、ダンジョンの入口横に積まれたバケツを手に取って、採掘のためにダンジョンに潜っていった。

――もしこのとき、継人が「モンスターを狩りに行くな」ではなく「ダンジョンに入るな」と言っていれば、二人の運命は少し変わっていたのかもしれない。

第二十話　おしえない

冒険者ギルド館内。

夕暮れ時にもなれば、一日の仕事を終え、その報酬を受け取りにくる冒険者たちでごった返すことになる館内だが、まだ日も高い時間帯であるからか、人の数もまばらで落ち着いた空気が流れていた。

そんな中、レーゼハイマ商会がギルドに委託する常設クエスト「魔鉱窟のモンスター退治」の報酬を受け取るため、継人はモンスターの討伐証明部位を提出し、その査定結果を待っていた。

ちなみに常設クエストとは、一度依頼を達成したら完了となり取り下げられる通常のクエストとは違い、永続的に需要の尽きない依頼を取り下げることなくギルドに張り出し続け、常に冒険者を募っているクエストのことである。

「――ビッグラットの尾が三十四本で三千四百ラーク。ビッグモスの触角が二本で百二十ラーク。ビッグポイズンスパイダーの牙が二本で千五百ラーク。さらに牙の素材買い取り料として二本で二千ラーク。合計で七千二十ラークになります。よろしければこちらにステータスタグをご提出ください」

事前に各モンスターの討伐報酬を調べていた継人は、おそらく五千ラークほどになるだろうと予想していたのだが、提示された金額は予想よりも随分と多い。その理由が、

「牙の素材買い取り料ってのはなんだ？」

「ビッグポイズンスパイダーの牙は、討伐証明部位であると同時に素材としての価値がありますので、その買い取り料です」

「へー、牙自体に価値があるのか。……ってことは別の店に売りにいくのもありってことか」

「その場合、討伐報酬はお支払いできませんが……」

その言葉を聞き、継人はなるほど、と頷く。

蜘蛛の牙を二千ラーク以上で買い取ってもらえる店を探すのはおそらく可能だ。だが、それに討伐報酬千五百を上乗せした三千五百ラーク以上で、となれば話は別だろう。でなければ、誰もギルドに素材を持ってこなくなる。

おそらくギルドの素材買い取り料は最安値だ。そこに討伐報酬を加えることで最高値にしているのだろう。討伐報酬を出すのはクエスト依頼者なのだから、ギルドの懐は痛まない。格安で素材が手に入る分だけギルドは丸儲けだ。

うまいこと考えるもんだと感心する。釈然としないものを感じても、結局はギルドで売るのがこっちも一番得なあたりが嫌らしい。

「わかった。そっちで買い取ってくれ」

報酬を受け取った後、継人は冒険者ギルドの二階にある資料室へと足を運んだ。

昨日は地図を買うついでに、受付でモンスターの情報を仕入れたのだが、今度はもっと詳しい情報が知りたい旨を伝えると、この資料室を紹介されたのだ。

本棚に囲まれ、長机がいくつか並んだ室内。そこに備えつけられたカウンターの中にいた青髪というファンタジーな髪色の職員に、継人は目当ての資料を要求する。

青髪の職員は継人の希望を聞くと、しばらく本棚を物色し、彼に二冊の本を手渡した。

『ダンジョン学入門』

『魔鉱窟探索記録』

継人は机に着き、その場で資料を読み耽る。資料室は冒険者であれば誰でも利用は可能だが、資料の持ち出しは厳禁らしいので、その場で読むしかない。

『魔鉱窟探索記録』には、ビッグポイズンスパイダーについての詳細も書かれていた。驚異的なスピードを持つことや、その推定敏捷値。高い隠密性を有しているため、スキルレベル3以下の感知系スキルでは捉えづらい等々。継人が前日に仕入れた情報よりもかなり詳しい内容だった。

『ダンジョン学入門』もおもしろい。ダンジョンの基本概念から始まり、ダンジョン自体が備えている復元機能や空間の歪みといった特性の解説。それらの特性から派生して、ダンジョン内部にモンスターが住み着く学術的な理由やダンジョンへの特殊な出入りの方法。果ては、宝箱やボスモンスターなどといったゲームのような情報まで書いてある。

継人は二時間ほどかけて二冊の本に目を通し、必要な情報があらかた頭に入ったところで、冒険者ギルドをあとにした。


「――高い」

「これが相場だよ。気に入らないならよそに行きな」

用途不明の道具が所狭しと並んだ、およそ店内とは思えない空間――ハイネ魔道具店で継人は商談を繰り広げていた。

「だから、解毒ポーション二つ。麻痺ポーション二つ。ＨＰポーション二つ。これだけ買うんだから少しはまけろって言ってんだろ。耳が遠いのかよババア」

偉そうに暴言を吐いた継人だが、解毒ポーションが一つ千ラーク。麻痺解除ポーションも同じく一つ千ラーク。そしてＨＰポーションは一つ二千ラーク。それらが二つずつで締めて八千ラークである。

要するに手持ちの金では足りない。全て買おうと思ったら、値引いてもらうしかないのだ。

「それが人にものを頼む態度かいっ！　誰があんたみたいなクソ生意気な小僧に、値引きなんてしてやるものかっ！」

一方、叫んだのは老婆。ネームウィンドウに記された名はアガーテ。彼女はこのハイネ魔道具店の店主である。

「分かった分かった。俺にはびた一文まけなくていい。ただ、このポーションはルーリエが使うんだよ。覚えてるよな？　一昨日の羊人族の女の子。あの子のためにポーションが必要なんだ。今日もあいつビッグポイズンスパイダーに噛まれかけてな。危なっかしいからほっとけないんだよ。ばーさんもそうだよな？　あんな小さな女の子が危ない目に遭ってるのは、ほっとけないよな？　だったらまけてくれるよな？」

「この……っ！」

――継人は最後には店を追い出された。

しかし、店の前にポツンと佇む彼の手の中には、カラフルに染色された蓋が特徴的な金属製の細長い試験管――つまりはポーションが、計六つ、しっかりと握られていた。

ルーリエが使う分、各ポーション一つずつが半額にまで値引きしてもらえたのだ。やはり、お人好しの露店商ラエルに紹介された人物であるからか、彼女も根はお人好しであるようだった。

「赤がHPで、緑が毒、黄色が麻痺、だな」

ポーションを見分ける蓋の色を忘れないように確認する。

負傷回復用のHPポーション。ビッグポイズンスパイダー対策の解毒ポーション。そして、麻痺解除用のポーション――このポーションに関してはビッグモス対策である。冒険者ギルドの資料で、ビッグモスの痒みをもたらす鱗粉が実は麻痺毒の一種であり、麻痺解除ポーションで治療できると分かったために用意したのだ。

これで必要なものは買い揃えられた。明日からの狩りの安全性は飛躍的に向上するだろう。

買い出しの成果に満足した継人は、今日の宿をとるために竜の巣穴亭に向かって歩き出した。

――が、昨日、スニーカーと交換でブーツを手に入れた武具店の前を通りかかったので、用はないが、ふらりとひやかしに立ち寄ってみた。

「よお、昨日ぶり。スニーカーは量産できそうか？」

「げっ。二度と来ないでって言いましたよね⁉」

親しげに話しかけた継人だったが、店主からはまるで歓迎されていなかった。

安物のスニーカーと引き換えに、金貨三枚相当の高級なブーツと投げナイフ三本、さらにはそのナイフを収める鞘付きベルトまでもらっていったのは、さすがにやりすぎだったのかもしれない。

＊

『魔鉱窟』一階層、採掘場広間。

そこかしこで迷宮の壁を穿つ音が響く中、ルーリエの半眼は満足げな色をたたえながら、ある一点に向けられていた。

それは、すでに三分の一ほど鉱石が貯まった自らのバケツに——ではない。

彼女は、自分自身で掘り返したダンジョンの壁を、満足げに眺めているのだ。

岩壁には、小さな女の子が掘ったとは思えないほどの大きな穴が空いていた。現に二日前のルーリエであれば、これほどの穴を掘るのは不可能だっただろう。しかし、たった二日の間に、それが可能になるまでルーリエは成長したのだ。

目に見える自身の成長の成果に、無表情で分かりにくいがルーリエは内心るんるんだった。その喜びを表すように、彼女はスコップを掲げて妙なポーズをとり、浮かれぽんちになっていた。

「随分とご機嫌だな。羊のガキ」

微笑ましい光景に、不意に無粋な声が混ざった。

ルーリエがその声に振り向くと、そこにいたのはダナルートら三人組だった。

危険な三人組の登場に、ルーリエは身構えたが、ふと、今日は彼らの様子が少しおかしいことに気づく。

ダナルートの仲間二人はいつもとなんら変わらず、軽薄そうにニヤついているだけだが、当のダナルート本人が奇妙なのだ。

まずその格好。いつもは色褪せたシャツに革のズボンといった装いが常である彼が、今は冒険者が愛用するような硬革の鎧を着込んでいた。

そしてその目。寝不足なのか目の下に酷い隈《くま》ができ、その隈の上に光る双眸《そうぼう》は恐ろしく血走っていた。

ダナルートが発するいつもより危険な雰囲気に、ルーリエはますます身構えた。

「……そう警戒するな。今日は石はいらねえ。いや、俺の頼みを聞いてくれるなら、これからはお前は石を払わなくていい」

血走った目とは裏腹に、ダナルートが語りかける声は静かで真摯に響いた。

訳が分からずルーリエは首を傾げるしかない。

しかし、

「お前と一緒にいた黒髪の男。あのタグ無しはどこにいる？」

ダナルートの口から質問が飛んだ瞬間、ルーリエの背筋が粟立《あわだ》つ。

継人のことを尋ねるダナルートの静かな声には、まだ人生経験乏しい彼女でさえ感じ取れるほどの、明確な殺意が込められていた。普段の脅すだけの迫力とは一線を画す圧力に、ルーリエの手が知らず震え出す。

しかし同時に彼女は気づく。この殺意が向けられている先は自分ではなく、継人のほうである、と。

「あの野郎はどこだ？」

再度飛んだ、何かに耐えるようなダナルートの静かな、そして危険な声。

その声に対して、ルーリエは震えを握り潰すように、スコップをギュッと、ギュッと、強く握った。

そして、一つ息を大きく吸うと、瞳に烈火を灯し、決意を込めて——答えた。

「おしえない！」

竜の巣穴亭で部屋をとった継人が、食堂でやや早めの夕食を摂《と》り、今日も【魔力感知】の訓練でもやるか、と呑気に部屋への階段を上がっていった、同時刻のことだった。

魔鉱窟一階層に存在する巨大な落とし穴。

落ちたら決して帰ってこれない生還率０％の凶悪なトラップ——通称『ゴミ穴』。

そのゴミ穴の底に、ボロボロになったルーリエが打ち捨てられた。

第二十一話　いない

「魔力なんてマジであんのかよ」

早朝の涼やかな空気が立ち込める山道。目の粗い石を積み整備された階段を上りながら、清涼な空気を肺一杯に吸い込んだ継人は、吐き出す勢いとともにぼやいた。

昨晩は、一昨日同様、未明まで【魔力感知】の習得を目指し瞑想に耽っていた継人だったが、結果もやはり一昨日同様に、魔力の存在を感知するには至らなかった。

正直、未だ取っ掛かりすら摑めていない状態で、これでは徒らに睡眠時間を捨てているだけだ。ぼやきたくもなるというものだった。

鬱屈とした気分と眠気は、朝の清涼な空気を吸い込んでも、洗い流されてはくれない。

しかし、それでもポツポツと歩を進める継人は、今日もダンジョンの前にたどり着いていた。

「――……まだ、か」

昨日は先に来て、ダンジョンの入口で待っていたルーリエだが、今日はまだ来ていないようだった。

朝早く、というアバウトな待ち合わせをしているので、お互いにやってくる時間が多少ズレるのは仕方がない。

本当は正確な時間を決めて待ち合わせしたいのだが、継人はこの世界で未だ時計らしき物を見たことがない。

彼が知る限り、この世界で時間を確かめる方法は、聖教会が鳴らしているという鐘の音だけだ。

日の出、正午、日の入り。一日に三度響く音色だけが、時間を知らせる唯一の存在だった。

つらつらと考えごとをしながらしばらく待っていたが、ルーリエはまだ来ない。

時間を潰せるものでもないだろうか、と継人が広場を見渡すと、ふと一本の木が彼の目に留まった。この広場は木々に囲まれているが、その中でもダンジョンの入口に一番近い場所に生えている木だ。

継人はその木に歩み寄ると、おもむろに腰のナイフを抜き放ち、木に向かって投げつけた。

ナイフは勢いよく木に命中したが、幹に刺さることはなく、ガキッと鈍い音を立てて弾かれ、そのままポトリと地面に落ちた。

「……うーん。やっぱムズイな」

投げナイフは、きちんと刃の部分が当たるようにうまく投げないと刺さらない。そのコツを掴むには、練習が必要だろう。

昨日の狩りでは、投げナイフを有効活用できなかったのでちょうど良い機会だ。

＊

ナイフを三投し、それを拾いに木に歩み寄り、離れてまたナイフを投げる。

黙々とそれだけを続け、どれほど時間が経ったか。

ナイフ三本を投げれば、一本はうまく突き立つようになってきた頃合い。

時刻はもう早朝というほどではなくなっていた。事実、ポツポツと増え始めた人影が、バケツ片手にダンジョンに潜っていくのが確認できる。

「いくらなんでも遅すぎだろ」

幹に刺さったナイフを抜きながら、継人はボヤいた。

もしかして……いや、もしかしなくてもこれは――

「……寝坊か」

継人は、はあ、と一つため息をつくと、ルーリエが泊まっている奴隷宿舎に目を向けた。

しばらく黙ってそちらを見ていたが、やがて観念したようにもう一つため息をつくと、頭を掻きながら、奴隷宿舎に向かって歩き出した。

木造の古い校舎――ほど巨大ではないが、どこかそれに似たおもむきがある建物。

継人が内部に足を踏み入れると、入ってすぐ真横に受付のようなものがあった。

「……ここは奴隷専用の宿舎ですよ？」

受付にいた四十歳ほどの女が、入ってきた継人に気づくなりギョッとした顔で声をかけてきた。

魔力鉱石の買い取りをしている者たちと同じ服装である。魔力鉱石の流通を取り仕切っているというレーゼハイマ商会の人間だろう。

「ああ、分かってる。ここにルーリエって女の子がいるだろ？　悪いけど取り次いでもらえないか」

「……うちの奴隷にどういったご用件でしょう？」

「昨日、あの子がダンジョンに忘れ物していったんだよ。それを届けにな」

訝しげに尋ねた女の質問に、継人は適当な嘘を並べる。

さすがに、今から一緒にモンスターを狩りに行くとは言えない。

「それでしたらこちらで預かりますが」

「……あー。疑うわけじゃないんだが、自分で渡さないと返した気がしないんだよ」

職員の女は相貌にやや不愉快そうな色を覗かせたが、すぐに気を取り直すようにそれを消して、

「わかりました」と名簿のような物に目を走らせた。

しかし、

「――え、と…………昨日は泊まってませんね」

「は？」

「ですから、昨日は彼女はここには泊まってません」

「……ルーリエだぞ？　羊人族の子供の」

そんなわけないだろう、と継人はもう一度確認するが、

「もちろん分かってます。ですけど彼女の名前は宿泊名簿にはありません。たぶん稼ぎが少なかったから、宿泊費が足りずに外で寝泊まりしたんじゃないですか？　たまにあることですよ」

（稼ぎが少なかったから宿泊費が足りない？）

そんなはずはない。確かに昨日の稼ぎはまだルーリエには渡していないが、それでも彼女の手持ちで、宿代ぐらい充分に払えるということは確認済みである。

「…………この一泊の値段は銀貨三枚だったよな？」

「ここは奴隷専用宿舎です」

女が即答するが、そんなことは分かっている。

継人がイラついたように彼女を睨み、答えを促す。

「……ええ、銀貨三枚です」

それはルーリエが言っていたとおりの値段だ。

であるならば宿泊費は問題なく払えるはずだ。昨日確認したルーリエの所持金は銀貨九枚。なのに銀貨三枚の宿泊費が払えないなどありえない。

「……本当に泊まってないんだな？」

「泊まってません。きっと広場のどこかで寝てると思います。外を捜してください」

女が露骨に迷惑そうな表情を作って、言外に出ていけと継人に告げる。

言われるまでもなくルーリエがいないのならば用はない。継人は奴隷宿舎を後にした。

（どういうことだ？　なんで泊まってない？）

混乱しながらも、継人は広場を見て回る。

職員の女が言っていたとおりに理由があって外で寝たのかもしれない。

例えば金を落としたとかだ。ありえない話ではない。

しかし……いない。

どの建物の陰にも、裏にも、ルーリエはいなかった。

確かに外で寝ていた借金奴隷も四人いたが、全員が男だった。

「どうなってる……？」

捜しても捜しても見つからない。

次第に継人の中に、焦燥とともになんとも言い表せない嫌な予感が募っていく。

そんな予感から目を逸らすように、広場を隅々まで捜し回ること数周。もはや捜していない場所がなくなるに至って、継人はようやく確信した。

（ここにはルーリエはいない）

まず、なぜ？　という疑問。次にどこへ？　という疑問。疑問疑問で混乱しかかる頭をなんとか治めて、継人は思考を巡らせる。

シンプルに考えれば、この広場にいないということは、どこか別の場所にいるということだ。そして、この広場から別の場所に移動しようと思ったとき、選択肢は大きく二つしかない。

一つは広場の端にある階段を下って街に向かう、というもの。

昨日継人と別れた後に、ルーリエも街に下り、そのまま日が暮れてしまい戻れなくなった。彼女が街に下りる理由は分からないが、考えられない話ではない。

その場合は、彼女は借金奴隷なので宿も取れずに野宿したということになるが、この広場にも野宿をしている者がいることからも分かるとおり、外で寝たからといって凍え死ぬような気候ではない。寝床にしたってルーリエほど体が小さければ、どこにでも隠れて眠れるだろう。

さらに言えば、ルーリエは継人を冒険者ギルドに案内できるほどには、街の地理にも精通している。故に彼女が街で迷子になるようなことも考えづらい。

つまり、街に下りてルーリエに何かがあったという可能性は低い。

だったら何事もなく彼女は姿を現すはずだが現実はそうなっていない。

（つまり街に行ったんじゃない。だったら、もう一つが）

継人は街の方角に向けた視線を百八十度滑らせる。

視線の先には、五メートル近い幅を持つ百段あまりの階段。

それはモンスターが跋扈《ばっこ》する危険地帯への入口。

もう一つの選択肢はここ――ダンジョンしかない。

（ダンジョンに潜ったまま帰ってない？　…………昨日から？）

その考えに至った瞬間、継人の背筋が凍る。

馬鹿な――と思いながらも、継人はダンジョンに向かって駆け出していた。

一人でモンスターを狩りに行くな。昨日、継人はそう言い、ルーリエは同意した。きちんと約束したはずなのだ。それなのに彼女は一人で行ってしまったというのか。しかし、約束した端からそれを破るような真似を彼女がするだろうか。自問してみるが、継人にはルーリエが約束を破るイメージが持てない。

なのに――嫌な予感が拭えない。それどころか、どんどんそれが膨らんでいく。

「……はあっ、はあっ、はあっ」

魔力鉱石採掘場広間。見慣れたそこにたどり着くなり、継人は肩で息をしながら、広間の中を見て回る。寝ぼけたルーリエが何かの間違いで採掘をしているのではないか。そう淡い期待を込めて捜し回る。

（いない。いない。いない）

しかし、やはり、いない。この広間にもルーリエはいない。

それでも諦めきれずに、継人が縋るような思いで視線を走らせていると――、ある一人の男とバチリと目が合った。

三十歳前後の、なんでもない、至って普通の採掘人の男。

男は継人と目が合うなり、露骨に視線を逸らしたが、それでもすぐにチラチラと継人に探るような視線を寄越してきた。

なんだ？　と継人は訝しみながら男を注視する。

名前：テムサス
職業：借金奴隷『レーゼハイマ』所有

ルーリエと同じ、レーゼハイマの借金奴隷のようだ。

ならば彼女の顔ぐらいは分かるかもしれない。

「なあ、あんた。ちょっといいか。このあたりで羊人族の女の子を見かけなかったか？　ルーリエって名前なんだけど」

継人がそう尋ねると男は気まずそうに目を逸らした。

その反応に嫌な何かを感じ取り、継人は男に詰め寄る。

「おい、何か知ってんのかっ？」

「……い、いや、その、……あの子供なら、昨日ダナルートに」

予想もしていなかった――しかし、最悪な名前が出たことで継人の頭に一瞬で血が上る。

「ダナルートッ？　あいつがなんだ!?　ルーリエはどうしたッ!?」

「……昨日、あの子供がダナルートと揉めて、それで……ダンジョンの奥に連れていかれて」

そう言って男は広間の奥――五つの分岐へと延びる通路にチラリと目を向けた。

「連れていかれて……？　連れていかれて、それでどうした……？」

「し、知らんよ。しばらくしたらダナルートたちだけ戻ってきて、あの子供は戻ってこなかった」

「ふっざけんなッ‼」

継人は男の胸倉を乱暴に摑み上げた。

「いつだ！　それはいつだ！　いつから戻ってないッ‼」

八つ当たりだと分かっていても、そんな場面を見過ごし、のうのうと語るこの男に憎しみが湧く。

「ぐ、き、昨日の……夕方ごろで、その後は知らない」

昨日の夕方――もう半日以上前である。半日以上経っても戻っていないのだ。モンスターが蔓延《はびこ》るダンジョンの奥から。

「そ、そんな怖い顔されても俺は関係ないぞ。だ、だいたいお前だよな？　この前ダナルートと揉めてたタグ無しって。そのタグ無しはどこだとか、そいつを出す出さないで揉めてたんだから、あの子供に何かあってもお前のせいだろうよ」

その言葉を聞いた瞬間、継人は胸倉を摑んだ手から力を抜いた――いや、力が抜けた。

「…………俺のせい？」

「そ、そうさ。やっぱりお前があのときのタグ無しか」

継人は茫然としかけるが、すぐに頭を振った。自責の念に駆られている場合ではない。今は一刻も早くルーリエの元に駆けつけなければならない。

継人は男の前から踵《きびす》を返《かえ》すと、広間から延びる一本の通路に向かって走り出した。

ルーリエが連れていかれたというその通路の先は、五つの分岐が立ちはだかり、複雑に入り組んだ作りになってはいるが、その実、どこにも道が通じていない袋小路である。

彼女が連れていかれたまま戻っていないのなら、間違いなくまだこの先にいるはずなのだ。

通路を走って走って走って、分岐が見えた瞬間、
継人は思いっきり叫んだ。

「ルゥゥリエェェエエエェッッッ‼」

洞窟の壁面に叫び声が反響し、こだまし、ダンジョンの奥へ奥へと声が伸びていく。

そして、その声に返事がくることを期待して、継人は荒れる息を必死に押し殺しながら耳を澄ませた。

が、声が伸び、薄れ、消えていった後に返ってきたのは、耳が痛いくらいの静寂だけだった。

継人はもう一度相棒の名を力の限り叫んだが――やはり結果は変わらない。

もう彼は何も考えなかった。

尻ポケットを探り、そこにあった折り畳まれた地図にザッと目を通すと、五つある分岐の左端の通路に飛び込んでいった。

小さな小さな相棒の姿を求めて――。

一方、採掘場広間では……継人にルーリエの情報を教えた男が、ほくそ笑みながらダンジョンを後にするところだった。

第二十二話　絶望

「タグを付けてたのか？」

「ええ。名前は見たことない文字でしたけど、表示自体は普通でした。タグ無しだったのは、別にレッドネームを隠してたわけじゃなかったみたいです」

「で、羊のガキを捜しに奥に入ってったんだな？」

「ええ。そりゃあもう深刻そうな顔してダンジョンの奥に走っていきましたよ」

　ベルグの郊外。薄汚れた酒場のテーブルを囲んだダナルートら三人組の前で、一人の男がヘコヘコとへりくだりながら、自分が見たものを報告していた。

　男の名はテムサス。継人にルーリエの情報を教えた男だった。

　前日、ダナルートらはダンジョンからの帰り際、数人の採掘人に「羊のガキと一緒にいたタグ無しが来たら知らせろ。そうすりゃ石の支払いは無しにしてやる」と持ちかけていた。その甲斐あって、こうして継人の情報が彼らにもたらされることとなったのだ。

「だとよ。どうすんだダナルート？」

　朝だというのに、彼らの前には空の酒瓶が並んでいる。昨夜から夜通し飲み続けていたのだ。

　しかし、酒を煽《あお》りながら尋ねた背の低い男とは対照的に、尋ねられたダナルートの前には一切の酒類がなかった。

「……行くぞ」

前日と変わらず硬革の鎧に身を包んだダナルートが、剣を握り、静かに答えながら立ち上がった。そんなダナルートに、背の低い男は嫌そうにこぼす。

「でもよー、ダンジョンの奥に行ったってんなら、しばらく戻ってこねえんじゃねえか？　いや、それ以前に、もうモンスターに喰われちまってるかもしんねえし」

「行くぞ」

有無を言わさず、もう一度繰り返したダナルートに、背の低い男は僅かに眉根を寄せる。

ダナルートが強引な性格をしているのは元々だが、ここ数日——正確に言えば継人と揉めた日から、明らかに様子がおかしくなっていた。

ダナルートという男は声もデカければ態度もデカい、一見して頭の悪い乱暴者のように見えるが、その実、小狡《ずる》く回る頭を持っており、元来極力リスクを冒さない男なのだ。

採掘人から魔力鉱石を巻き上げる際も、泣き寝入りできる範囲で少しずつ巻き上げるように気をつけていたし、逆らう相手を痛めつける場合でも、やりすぎて騒ぎにならない範囲を心得ていた。

だというのに……。

「はあ……」

背の低い男はため息をつく。

レーゼハイマの奴隷にあそこまでやる必要があったのか。

あのときは自分も楽しかったが、時間が経つにつれて不安になってくる。

そもそもレーゼハイマ商会といえば、魔鉱都市ベルグの主要産業である魔力鉱石の採掘を一手に取り仕切る、ある意味ベルグの支配者と言えるほどに力を持った商会なのだ。その商会の財産である奴隷を奪ったと発覚すれば、自分たちもただでは済まないだろう。

これ以上危ない橋を渡るのは勘弁してもらいたい。

だが、あのタグ無しを殺しでもしない限り、ダナルートの機嫌は直りそうもなかった。

「…………へいへい、分かりましたよ。——おいっ！　寝てんじゃねえっ！」

背の低い男は、八つ当たりするように、隣で突っ伏していた男を蹴り起こす。

「んあ？　もう飲めねえっすよ」

「寝ぼけてんじゃねえよ……。やるぞ。今度はあのタグ無しだ」

「え——？　でもタグ無しっすよ。危なくないんですか？」

「安心しろ。別にレッドネームじゃなかったらしいからな」

その言葉を聞いた途端、ひょろりと背の高い男はニヤニヤと笑みを浮かべた。

「なんだ。ビビって損したじゃないっすか。それなら俺にまかせてくださいよ。羊のガキみたいにグチャグチャにして遊んでやりますよ」

仲間の二人が席を立つと、ダナルートは何も言わずに歩き出した。

慌ててその背中に続いた二人は、ダナルートの脚が震えていることに、最後まで気がつくことはなかった。

＊

『魔鉱窟』一階層、採掘人が集う広間からさらに進んだ奥。

そこには無造作にモンスターの死骸が転がっていた。討伐証明部位すら剝ぎ取られず放置された

それは、冒険者からすれば金銭が落ちているに等しい。

そんな価値ある死骸がダンジョンの通路に点々と続いている。

その死骸をたどった先に――

「邪魔なんだよッ!!」

継人がいた。

頭を蹴り砕かれ倒れるゴブリンを、継人は一瞥《いちべつ》することなく、代わりにダンジョン内の隅から隅まで、執拗《しつよう》に視線を走らせていく。

(――いない、いない、いない)

「ルーリエッ!!」

もう何度目になるか。大声で呼びかけるが返事は来ない。その代わりとばかりに、声を聞きつけたビッグラットが二匹、通路の奥から現れ、継人に襲いかかる。

モンスターをいちいち相手にしていては、それだけルーリエの捜索が遅れることになるが、だからと言って見逃す気はなかった。なぜなら、モンスターの数を減らせば減らすほど、同じダンジョン内にいるルーリエの危険も減っていくはずだからだ。

継人は駆け寄ってきたビッグラットの頭を一蹴りで砕く。

だが、それと同時――

蹴りを放ち、片足立ちになった彼の無防備な軸足に、残るもう一匹が喰らいついた。

鋭い痛みが走るが、継人はそれを無視して、脚に喰らいつくビッグラットの背にツルハシを振る

い、殺す。

「ちっ」

ズボンが破けて、そこから血が溢れる傷口が見える。いや脚だけではない。モンスターが複数だろうと構わず戦っていたせいで、いつの間にか体中に生傷が増えていた。

継人は腰のＨＰポーションに手を伸ばし――しかし、すぐにその手を止めた。

自分でさえこのざまなのだ。ルーリエが怪我を負っている可能性は高いだろう。ポーションは二本あるとはいえ、彼女の怪我の度合いによっては、ポーション一本では足りないことも考えられる。それをこんなところで無駄遣いするわけにはいかなかった。

継人は顔を上げると、血を流したまま、ダンジョンのさらに奥へと駆けていった。

＊

捜索劇はまさにしらみつぶしと言う他なかった。

時折地図を確認しながら、ダンジョンの端から端まで、見落としがないように回っていく。


『経験値が一定量に達しました』

『Ｌｖ11からＬｖ12に上昇しました』


幾度目かの戦闘の後に【システムログ】の声が頭に響いた。レベルアップなんて今はどうでもいいが、レベルが上がれば戦闘が楽になり、捜索もはかどると考えればありがたいのは間違いない。

どうせなら捜索に役立つスキルでも取得できればなお良いが、さすがにそこまで都合良くはいかなかった。

ルーリエを捜し始めて、すでにかなりの時間が経過している。

捜索の範囲は五つの分岐の一番左端から始め、二番目の通路まで捜し終わり、今は三番目の通路に入ったところだった。

周囲に視線を走らせながらしばらく進んだところで、ゴブリン二匹とビッグポイズンスパイダー一匹、計三匹のモンスターと同時に遭遇した。

継人が今まで見てきた中で最強の組み合わせだったが、目に入った瞬間突撃し、先手を取ることに成功したので、なんとか撃退できた。

だが——

状態：呪い・毒

継人の腕から血が滴り落ちる。ビッグポイズンスパイダーの牙を受けてしまったのだ。

用意していた解毒ポーションを見る。手持ちは二つだが、一つはルーリエのために残しておかなければならないので、実質一つだけだ。つまり、今解毒したら再度ビッグポイズンスパイダーに噛まれた場合、もう解毒はできないということだ。

「…………」

悩んだ末、継人は解毒を先送りにして先に進むことにした。

視線を巡らせながら通路を進んでいたが噛まれた腕が熱い。そして心臓の音がとてつもなくうるさい。ドクンドクンと心臓が血を送り出すたびに、継人の全身に熱と痛みが走った。さすがにそろそろ解毒しなければマズイのでは、そう思うが、ステータスを確認してみればＨＰにはまだ余裕がある。

そんな風に毒で集中を欠いていたせいだろう――

状態：呪い・毒・麻痺

今度はビッグモスの鱗粉を避け損ない、麻痺毒をもらってしまった。

ステータスを見れば、もはや満身創痍《そうい》もいいところだが、不思議なことに継人は先ほどまでよりむしろ楽になっていた。

ビッグモスの鱗粉は激しい痒みをもたらすはずだが、まったく痒くはない。それどころか皮膚がいい感じに痺《しび》れて感覚が鈍くなり、全身の痛みが軽減されているような気がした。

これならまだまだいけそうだった。

＊

地図を睨む。見落としはない。

捜索対象の四つの分岐のうち、その三つまで完璧に調べ終わった。

未だルーリエは発見できていない。

四つの分岐のどこかに彼女がいることを前提に考えると、継人は四分の一の確率を三回連続で外してしまったことになる。

──ツイてない。こんなときに限って。

そうは思うが、残る道はあと一つ。希望は見えた。そこにルーリエはいるはずだ。

継人は、希望の反対側からフツフツと湧き上がる嫌な予感を、あえて無視しようと努めた。

四分の一の確率を三回連続外してしまった。…………本当に？

──うるさい。

こんなときに限って、ツイてない。…………本当に？

──うるさい。

残る道はあと一つ。そこにルーリエはいるはずだ。…………本当に？

──いるんだよ！　絶対に！

継人は四番目の分岐をズンズンと進む。

毒や怪我の痛みなどすでに頭にない。途中さらにレベルアップを告げる声が頭の中に響いたが、気にも止めない。ただルーリエの影だけを追って、視線を走らせ、モンスターを蹴散らし、奥へ奥へと進んでいく。

そして────

継人はポツンと佇んでいた。

何もないそこに。誰もいないそこに。たった一人で。

地図を見る。何度も見る。

そんなはずはない、と。ここが最後の分岐なのに、と。何度も何度も地図を確認する。

ここが最後の分岐………本当に？

ゾクリ、と継人の背中に悪寒が走った。

それは、あのバスの中で自分の死を予感したときの感覚とよく似ていた。

心臓が痛いくらいに早鐘を打つ。

『魔鉱窟』一階層。多くの採掘人が仕事に励む広間からは奥に一本の通路が延びており、その先には、多くの通路が重なる分かれ道がある。

そう……五つの分岐である。

継人はそのうちの四つの分岐までですでに調べ終えた。

四つである。つまり、あと一つ、道が残っている。

ただし、その道の先にはそれ以外には他に何もない。

道に入ってすぐにある落とし穴。

冒険者ですら恐れる底無しの大穴。

生還率０％の落ちたら終わりの奈落の入口。

――――通称「ゴミ穴」。

継人は、自分の死を確信したあのときですら『そこ』には至らなかった。

怒りに身を焦がしても、憎しみに心を狂わせても、後悔に生き方を嘆いても、そこに――『絶望』に至ることはついになかった。それが――。

あんなにうるさく鳴っていた心臓の音は、どこに消えてしまったのか。

体中を蝕《むしば》んでいた熱は、どこに消えてしまったのか。
何も聞こえない。何も感じない。
ただ、胸に穴が空いているような気がした。
体に力が入らない。脚に力が入らない。
毒のせいなのか、違うのか、分からない。
頭がうまく働かない。
継人はふらふらと、もと来た道を引き返し始めた。
残る分岐はあと一つ。行かなければならない。
行ってどうするのかは分からない。
頭がうまく働かない。
それでも彼は引き返した。
ふらふらと。ふらふらと。
そして、たどり着いたその場所に――

ダナルートがいた。

第二十三話　魔力

継人が引き返した先。全ての通路が重なる分岐点で、ダナルートら三人組が待ち構えるようにして立っていた。

名前：ダナルート
職業：Dランク冒険者

名前：ライアット
職業：Eランク冒険者

名前：ガルナン
職業：Eランク冒険者

継人は三人のネームウィンドウを確認すると、ふらり、ふらりと彼らに歩み寄りながら、開口一番――

「……ルーリエをどこにやった」

と問い質した。

ネームウィンドウに記されたダナルートらの名前の表示は白い。

彼らが殺人を犯したとすれば名前の表示が赤く――レッドネームになるはずである。にもかかわらず、三人の名前は白かった。だから聞いた。

もしかしたらと一縷《いちる》の望みをかけて。

少ない可能性に縋るように。

一方、問われた三人は固まっていた。

ダナルートだけでなく、仲間の二人も息を呑んでいた。

話が違う。仲間の二人はそう思った。彼らは継人がタグ無しではないと分かり、むしろ警戒を解いてすらいたのだ。

それなのに、いま目の前にいるのは、本当に先日見たあの男なのだろうか。

全身、赤と青の血に塗れ、手に持ったツルハシからは、今もポタリポタリと血が滴り落ちている。

漂う危うさはレッドネームどころではない。

その様は、まるで地獄から這い上がってきた悪鬼羅刹を思わせるものだった。

絶対に関わってはいけない。

二人がそう思うだけの迫力が継人にはあった。

「……ルーリエはどこだって聞いてんだよ」

ふらり、ふらり、と継人が進み、両者の距離が縮まっていく。

怯む男二人はダナルートの背中に縋るような視線を送ったが、一番怯んでいたのは——継人がただ者ではないことをはじめから理解していた——ダナルート本人だった。

ダナルートはそれ以上の接近に耐えられなくなり咄嗟に口を開く。

「殺した……！　それ以上近づくとテメェもぶち殺すぞッ……!!」

叫ぶダナルートの狙いどおり、ピタリ、と継人の足が止まった。

「…………」

——分かっていた。

本当は継人は分かっていたのだ。

レッドネームとはタグを装備した者が、同じくタグを装備した者を殺したという証明。

つまり、タグの装備を解除してから相手を殺せばレッドネームにはならない…………ただそれだけの話だ。

胸にポッカリと穴が空いている気がした。

そのポッカリと空いた穴から、

真っ黒な穴の底から、

ドロリ、と。

〝それ〟は溢れてきた。

継人が初めてそれを感じたのは、あのバスの中だ。

絡んできた金髪の男に唯々諾々と席を譲り、その男に自分の死を馬鹿にされ、見世物にされた。

理不尽に対する怒りと、金髪の男に対する憎しみと、感情を押し殺して下した選択のせいで、終わろうとしている自分の人生に対する後悔。それら全てがごちゃまぜになったものが、初めて触れた〝それ〟だった。

次に感じたのはルーリエと出会ったあの日。

自分を助けようと割り込んできたルーリエが蹴り飛ばされ、小さな体がうずくまるのを見た瞬間、継人は再び〝それ〟に触れた。

そして今。

心はうまく働かず、思考は止まったまま動かず、麻痺した肌の感覚は鈍い。

そんな継人を〝それ〟はダイレクトに撫でた。

心も体も働かない今、〝それ〟が触れることを妨げるものはない。

ドロリ、ドロリと、何にも邪魔されることなく、〝それ〟は継人の根源に直接触れた。

今までとは比べものにならないくらいにハッキリと、その感触までもが手に取るように分かった。

そして――

『経験値が一定量に達しました』
『スキル【魔力感知Lv1】を取得しました』

頭の中に声が響いた。

継人は勘違いしていた。彼は魔力というものは、光のような、火のような、雷のような、そんなエネルギーのような何かだと思っていた。魔力鉱石という魔力を含む石をその目にしたり、魔石というエネルギー源から力をもらい動く魔道具を使用した経験などが、その勘違いに拍車をかけていた。

毎夜瞑想して、そんなエネルギー体を己の中に探し回っても見つかるはずなどなかったのだ。【魔力感知】を取得した今ならそれがよく分かる。【魔力感知】を使って己の中に知覚できるそれは、未知のエネルギー体などではない。

それは怒りだった。それは憎しみだった。それは後悔だった。そして、それは絶望だった。

継人が感知したそれは――感情の波動ともいうべきものだった。

うまく働かない心を、止まって動かない思考を、麻痺して鈍い体を、感知した波動が揺り動かす。

その波動は確かに力だった。人間が動くうえでもっとも根源的な力。〝それ〟が魔力だった。

継人は魔力に衝《つ》き動《うご》かされた。

衝動に従い、継人は己の首元に手を伸ばすと、そこにあったステータスタグを首から外し、手の中に握り込んだ。

タグの中に込められた魔力をはっきりと知覚することができる。彼はその魔力をおもむろに引っ張った。もちろん物理的に引っ張れるわけはない。感じ取れる不快なそれを、意識の中で掴み、引っ張り出す。

『経験値が一定量に達しました』

『スキル【魔力操作Lv1】を取得しました』


頭に声が響くのと同時に、ダナルートらの前に浮かんでいたネームウィンドウが、すぅっと消える。ステータスタグの装備が解除されたのだ。

継人は手の中にある、魔力が感じ取れなくなったタグを無造作に投げ捨てた。

投げ捨てられたタグが洞窟の壁面に当たり、キンッと小さな金属音を立てると、ダナルートの肩がビクッと震えた。

タグを外す――その行動の意味が分からないダナルートではない。

殺す、そう言っているのだ。今からお前を殺す、と。

先頭に立ったダナルートが思わず一歩後ずさる。

「ダ、ダナルート……」

「ダナルートさん……」

怖《お》じけづいたような、いや、まさしく怖じけづいているダナルートを見て、仲間二人が不安げに声をかけた。前回と同じように急に彼が逃げ出して、目の前の危険な男を押しつけられでもしたらたまらない。

だが二人の心配は杞憂だった。ダナルートは逃げるわけにはいかなかった。退けない理由があった。だからこそ、今こうして継人の前に立っているのだ。

「お、俺のッ……HPをッ――！　呪いを解きやがれッ‼　そ、それで許してやる……」

震える声で紡ぎ出した言葉は、なんとか体裁を保とうとはしているものの、その中身は命乞いでしかなかった。

そんな命乞いに対して継人は、

「死ね」

無慈悲に返すとダナルートに向かって再び歩き出す。

「こ、この呪いがなかったら、もうそれで終わりでいい……ッ！」

おののくダナルートはさらに言葉を紡ぐが、

「死ね」

継人はダナルートの言葉など聞く気はなかった。

「…………ぁぁぁあああ」

ダナルートは悟った。

目の前の男は自分を許すつもりがない。

それはつまり――

「死ね」

生かすつもりがない。

「ああああああッ!!」

ダナルートは叫ぶと同時に剣を抜き放ち、そのまま継人目掛けて袈裟《けさ》掛けに振り下ろした。

まったく避けるそぶりすら見せない継人の左肩口に剣は吸い込まれ――肉を破り、鎖骨を砕いたところで、その一撃は止まった。

剣が当たるということは、両者の間にもう距離などない。

継人は砕けた骨を気にするでもなく、噴き出す血にも気づいていないように、左手をダナルートに伸ばし、その髪を強く無造作に摑み取った。

これで今回は逃げられることはない。

あのときに逃がさずこうしていれば――……そんな思いに支配されながら、継人は初めて任意にそれを発動させた。

怒りを、憎しみを、後悔を、絶望を、それら魔力を――――両の眼に送り込む。

――【呪殺の魔眼】がダナルートを射貫いた。

ダナルートの全身が怖気に支配される。

カチカチと歯が鳴り、冷や汗が噴き出す。

黒く濁った眼から送られてくる感触は、とても正気で堪えられるような代物ではない。

それは例えるなら、皮膚の裏側に数億の虫が這い回るような不快感だった。

それは例えるなら、皮膚の裏側から自分を食い荒らされるような恐怖だった。

感じるのは二度目。

それは間違いなく命を蝕まれる感触だった。

咄嗟にステータスを確認した。

そして――

「うぁ……」

呻いた。

減っていた。ＨＰが減って、いや、減り続けていた。そして、それと反比例する形で（－《マイナス》２４４）、（－《マイナス》２４５）、（－《マイナス》２４６）……と、恐れていた数字は刻々と増えていく。

「ああ、あああぁっ……」

抗《あらが》わなければならない。生き残る方法を模索しなければならない。まだ間に合う。一撃で駄目なら二撃、三撃と攻撃しなければならない。

だというのに、――恐怖で体が動かない。

いや、それ以前に、継人にガッシリと掴まれた頭がびくともしなかった。自分の筋力が継人に及ばないとダナルートは悟る。そして同時にダナルートは気づいてしまった。この程度の力なら、全盛期の自分なら容易く振りほどけたであろうことを。

一度気づいてしまったら、後悔が生まれるのを止められなかった。悔やんでいる場合ではないのに、刻一刻と死が迫っているのに、溢れ始めた後悔が止まらない。

「あああああ」

ダナルートの内側に怖気と後悔が荒れ狂う。

なぜ自分はこの男の前に立ってしまったのか――。呪いのことは諦めて放置してもよかったのではないか――。あの子供を無事に帰していればここまで怒りを買うこともなかったのではないか――。そもそも魔力鉱石を巻き上げるなどケチな商売をしていなかったらこんな男に会うこともなかったはず――。なぜ自分はこんなところにいるのか――。なぜ自分はこんなことをしているのか――。あのころの自分ならこの男を一撃で斬り捨てることもできたはずなのに――。なぜ自分は剣の訓練をやめてしまったのか――。なぜ自分は冒険者でいることをやめてしまったのか――。なぜ自分は夢を追うことをやめてしまったのか――。なぜ自分は一番大事な――……

仲間の顔が脳裏に浮かんだ。

仲間といっても、自分を助けようともせずに立ちすくむ男二人のことではない。

かつて、自分たちを守るために怪物の前に立ち塞がった勇敢な男の顔が。

仲間を傷つけられ、怒りの形相で怪物に立ち向かった優しい男の顔が。

そして、夢を一途《いちず》に追いかけていた少年の顔が。

なぜ自分は立ち向かえなかったのか――。あんなに大切だったのに――。なぜ自分は――……。

彼の脳裏に流れるそれは、もはや思考と呼べるものではなかった。それは走馬灯と表現すべきものだった。そして、その走馬灯ですら段々と白く染まっていき、やがて判然としないものになっていく。

(――ごめん。ごめん。逃げてごめん。見捨ててごめん)

ダナルートは泣いていた。死ぬ恐怖からではない。

仲間を見捨てた自分に。夢を裏切った自分に。戦わなかった自分に。

涙が溢れる。ただただ後悔で涙が止まらなかった。

「死ね」

継人が髪から手を放すと、ダナルートは膝から崩れ落ち仰向けに倒れた。

ダナルートは涙を流し、その手に剣を――

――後悔を握り締めたまま、その生涯に幕を閉じた。

第二十四話　証明

ダナルートが倒れるのを確認するなり、彼の仲間の一人、ひょろりと背の高い男――ガルナンが即座に逃げ出した。

数瞬すら迷わず逃げ出したガルナンだが、実際には何が起こったのか分かっていない。だが、現実としてダナルートは倒れた。三人の中でもっとも強い力を持ったダナルートがやられたのだ。だったらもう戦う選択肢などない。

そもそも、継人にこだわっていたのはダナルート一人なのだ。ガルナンにしてみれば、継人はどうでもいい相手とすら言える。そんな相手と命懸けで戦う理由など一つもありはしない。

だが、ガルナンに戦う理由はなくても、継人は別だ。

彼は一人も許す気はなかった。

ツルハシが高速で宙を疾《はし》る。

レベルアップした筋力と、スキル【投擲術】の補正をもって、継人の右手から投げ放たれたツルハシは、逃げるガルナンの背中にあっという間に追いつくと、その尖端を半ばまで突き立てた。

「ぎぃやあああぁッ!!」

ガルナンは背を穿つ衝撃と痛みに叫ぶと、走る勢いのまま前のめりに転倒した。

「――ガルナンッ!?」

事切れるダナルートを、茫然と見ていた背の低い男——ライアットは、背後に響いたもう一人の仲間の悲鳴に思わず振り返った。

しかし、ライアットは他人の心配をしている場合ではなかった。

継人は隙だらけのライアットに駆け寄ると、よそ見した彼の脛《すね》を鋼鉄入りのブーツで蹴り砕いた。

「なぁ……がっ！」

驚き呻くライアット。だが、この程度では止まらない。

継人は続けざまに手を伸ばすと、突然の激痛に混乱するライアットの腰に提げられた鞘から、ロングソードを抜き取り、ライアットの無事なほうの脚を斬りつけた。

「があぁッ!!」

両脚を負傷して、立っていられなくなったライアットを一時捨て置くと、継人は背中の激痛に喘《あえ》ぐガルナンに歩み寄った。

剣を振り上げる継人とガルナンの目が合う。

「た、頼むっ……たすけて——」

返事の代わりに返ってきたのは容赦のない剣撃。

派手な血飛沫とともに体を数度痙攣《けいれん》させると、ガルナンは永遠に動かなくなった。

尻餅をついて凄惨な光景を見ていたライアットは、必死に腰のポーチを探る。

（ポーション！　ポーション！　早くッ……、早くしねえとッ！）

やっとの思いでポーチから金属製の試験管——ＨＰポーションを取り出すと、急ぎその赤い蓋を開けようとしたライアットだったが、焦りと出血の影響で震える手からポーションが滑り落ちた。

「ああっ――、あああぁぁぁぁ」

地面に落ちたポーションは、そのままライアットから逃げるように転がっていく。

ライアットはただ必死に、脚の痛みに耐えながら、這うようにポーションを追った。

そして、なんとか転がる勢いを失ったポーションに追いつき、手を伸ばしたが――

その手よりも早く、ポーションの上に影が差したかと思うと、黒いブーツが視界に降ってきて、そのままポーションを踏みつけた。

ライアットが恐る恐るブーツをたどって視線を上げていくと――

継人と目が合った。

「……ゆ、許し――がばぁあああっ！」

ライアットが言い終わる前に、鉄板入りのブーツが彼の顔面にめり込んだ。

鼻血と前歯を派手に撒き散らしながらも、ライアットは必死に頭を働かせる。このままでは殺される。今すぐにでも殺される。何か、何かないか――。

だが、妙案を思いつくのを継人が待ってくれるはずもない。

継人はライアットの頭上にガルナンの血が滴る剣を振り上げた。

そして、そのまま――

「生きてるッ！　あの子供は――生きてるッ!!」

振り下ろされかけた剣が、ピタリと止まった。

ライアットはこれだ、と確信する。自分が助かる可能性はこれしかない。

細い糸に縋りつくように彼は言葉を続ける。

「そもそも殺してないんだッ。俺たちはあの子供を殺してなんてない！　多少痛めつけたけど、とどめは刺さずにゴミ穴に捨てた——だからっ……まだ……その…………」

ライアットの言葉に嘘はなかった。しかし、だからこそ語気が尻すぼみになっていく。

助かりたい一心で、つい本当のことをぺらぺらと喋ってしまったが——生きているはずがないのだ。あのゴミ穴に落ちて。

ただでさえ生還率０％の凶悪なトラップであるゴミ穴に、ボロボロに痛めつけられた状態の子供が放り込まれて、生きていられる道理などない。

だが、正直にそれを口にするわけにはいかない。そんなことを口にした瞬間に、ライアットの人生は終わりを迎えるだろう。

ライアットの視線の先で、本来は自分の物であるはずの剣が、仲間の血に濡《ぬ》れて妖しく光っていた。今にも振り下ろされそうなその刃に、ただただ背筋が凍る。

なんでもいい。本当にそうである必要などない。もしかしたらと思わせられたら、この場から脱することさえできたら、それだけでいいのだ。その一念のみを持って、なんとか言葉を搾り出す。

「ま、まだ生きてる可能性はある。だから……そうだっ、捜そう！　俺ならっ、俺なら人手を集められるっ。俺ならここの採掘人どもを何人だって、全員だって動かせるっ！　それで穴ん中を捜せばすぐに見つかるはずだっ！」

とにかく必死に自分を生かすメリットをアピールするライアットを、継人は剣を振り上げたまま黙って見ていたが、しばし黙考したのち、振り上げていた剣をゆっくりと下ろした。

まだ状況が飲み込めていないライアットの前で、継人は足元に落ちていたHPポーションを拾い上げると、半分を肩の傷口にかけ、もう半分を飲み干して傷を癒《いや》した。さらに所持していた解毒と麻痺解除のポーションを飲み干し、放置していた状態異常を治療した。

そのまま今度はダンジョンの壁際まで歩くと、そこに落ちていた自身のステータスタグを拾い上げ、そのタグに魔力を流し込む――

『ステータスタグを装備しました』

継人の頭の中に【システムログ】の声が響くのと同時に、ライアットの目にも継人のネームウィンドウが確認できるようになった。そして、その事実を確認した瞬間、ライアットの頭の中は歓喜一色に埋め尽くされた。

継人がタグを装備し直したということは、少なくとも今すぐ自分を殺す気はなくなったということだからだ。

「おい、立て」

タグを首にかけながらライアットに歩み寄った継人は命令した。

「立てって……、無理だ。この脚じゃ……」

無茶な言葉に対して首を振るライアット。継人はその首根っこを乱暴に摑むと、そのまま彼を引きずりながら歩き出した。

その行き先は五つの分岐の一番右端。ゴミ穴へと続く道だった。

通路に足を踏み入れてすぐに木製の立て看板が目に入る。それはレーゼハイマ商会が設置したものので、採掘人にゴミ穴の危険性を注意喚起するための看板だ。

継人は看板の横を迷わず通り過ぎると、そこで引きずっていたライアットを力任せに前方へと投げ飛ばした。

「――――――ッ!?」

投げられた勢いのまま地面を転がったライアットは、手で、怪我を負った脚で、なりふり構わず地面を掴み、転がる勢いを殺そうとする。必死の形相だった。なぜそんなに必死なのか。それは投げられた位置が悪いからだ。彼が投げ飛ばされたその先こそが――

地面にひび割れが走った。ひびは加速度的に地面に広がっていく。

次の瞬間には厚さ僅か十センチ程度しかなかった見せかけの地面が、五メートル四方の範囲に渡って崩れ落ち、そこには真っ暗で底が見えない、まさに奈落の入口というべき大きな穴が現れた。

「ひっ、はっ……!」

奈落のふちギリギリでライアットは引《ひ》き攣《つ》った息を吐いた。

なんとか、本当になんとかブレーキが間に合った。

九死に一生を得たライアットに、継人は静かに歩み寄り、なんでもない様子で口を開いた。

「お前、HPいくつだ?」

「はあ、はあ、……は?」

「最大値と現在値、両方な」

いきなり何を言っているのか、と混乱するライアットの首元に剣を突きつけて、継人は無理矢理質問に答えさせる。

「え、と、最大値が322で、今は216、です」

「216／322か」

継人はライアットが答えた数字を口の中で呟くと、おもむろに魔力を自身の眼に送り【呪殺の魔眼】を発動した。対象はもちろん眼前にいるライアットである。

魔眼に射貫かれたライアットの全身が怖気立つ。

突然の事態にライアットは混乱し、息すらできないまま、継人に恐怖の視線を返したが――彼を襲った怖気は僅か数秒で嘘のように消え去った。

「――はあッ、はあッ、はあッ……い、いまのは……ッ!?」

「ステータスを見てみろ」

「え……？　ステータスって…………は？　ＨＰ－《マイナス》５？　呪い？　なんだこれ……なんだよこれッ……!?」

ライアットのステータスは【呪殺の魔眼】を受けたことによって二ヵ所に変化があった。

それは『ＨＰ：211／317（－《マイナス》5）』と『状態：呪い』である。

そして、魔眼を使用した継人のステータスにも同様に二ヵ所の変化が見られた。

まず先ほど、継人がステータスタグを拾い、再び装備した際に確認したステータスがこれだ。

名前：継人　　ＨＰ：326／496
種族：人間族　ＭＰ：18／480（＋《プラス》10）

性別：男　　　筋力：26
年齢：17　　　敏捷：20
Lv：16　　　知力：19
状態：　　　　精神：25

スキル
【体術Lv3】【投擲術Lv2】【食いしばりLv1】【魔力感知Lv1】【魔力操作Lv1】【言語Lv4】【算術Lv3】【極限集中Lv1】【毒耐性Lv1】

ユニークスキル
【呪殺の魔眼Lv1】

装備：ステータスタグ【アカウントLv1】【システムログLv1】

状態異常の呪いが解除され、MPに付いていた（−《マイナス》239）の表示が消えていた。
そして今、魔眼を使用した直後のステータスがこれである。

名前：継人　　HP：326／496
種族：人間族　MP：13／475（−《マイナス》5）（＋《プラス》10）

性別：男　筋力：26
年齢：17　敏捷：20
Lv：16　知力：19
状態：呪い　精神：25

スキル
【体術Lv3】【投擲術Lv2】【食いしばりLv1】【魔力感知Lv1】【魔力操作Lv1】【言語Lv4】【算術Lv3】【極限集中Lv1】【毒耐性Lv1】

ユニークスキル
【呪殺の魔眼Lv1】

装備：ステータスタグ【アカウントLv1】【システムログLv1】

変化したのはMPに付いた（－《マイナス》5）の補正と状態異常の呪い。

先ほど継人が【呪殺の魔眼】を発動させたのはちょうど五秒間だ。

これらのことから考えると【呪殺の魔眼】とは、発動した秒数だけMPを最大値ごと消費し、消費した値と同じ分だけ、対象からHPを最大値ごと削り取るスキルだということだ。

さらに、スキルの使用者と対象者は互いに状態異常の呪いが付与され、呪いが解除されない限りは、減少したＨＰもＭＰもおそらく元には戻らない。

継人はライアットを使った実験で、ようやく自分自身のスキルを把握できた。

この実験は非常に有意義なものであったと言えるだろう。

だが、継人は何もこんな実験をするためにライアットを生かしているわけでも、タグを装備し直したわけでもない。こんなつまらない実験はついでだ。思いついたから、ついでにやっておいただけ。本当の目的は別にある。

継人はゴミ穴を覗き込む。

深い。いや、深いどころではない。底すら見えない文字どおりの底無しである。

「ここから落ちても、きっと生きてる。そう言ったな？」

継人からの質問に、ライアットも彼のようにゴミ穴の底へと目を向けてしまう。

「────ッ」

底の見えない、あまりの深さにライアットは眩暈《めまい》がした。

我ながら良くぞ言い放ったものだった。その穴を見れば見るほどありえない。生きているなどありえない。

だが、それを口にするわけにはいかないのだ。

言い切って、押し通すしか道はない。

「……あ、ああ。きっと、イキテル」

冷や汗まじりの答えに「そうか」と継人は一つ静かに頷いた。

そして──

そのままライアットをゴミ穴へと蹴り飛ばした。

衝撃とともに、空中に放り出されたライアットは痛みや恐怖より先に驚愕に目を見開いた。

そんな馬鹿な話があるだろうか。タグを装備したからには、自分を殺すつもりはないと思っていたのに、まさか、わざわざタグを装備し直してから殺すなんて、まったく意味が分からない。

だが、ライアットには理解できなくとも、これこそが継人の真の狙いだった。

タグを装備し、ライアットを穴に落とし、それでも継人がレッドネームにならなければ、本当にこの落とし穴は「転落しても死なない程度の深さ」だと証明されるのだ。

「確かめてこい」

絶叫のこだまを残して、ライアットはゴミ穴の底へと落ちていった。

第二十五話　内緒

名前：継人
職業：Fランク冒険者

継人が頭の中で秒数をカウントし始めてから、すでに三分が経過したが、未だ彼のネームウィンドウに変化はなかった。つまり奈落の底に転落したライアットは、まだ生きているということだ。継人は己の中に燻《くすぶ》っていた、万に一つの希望が急激に膨らんでいくのを感じた。

これだけ大きな希望があるなら進まない理由はない。

正直恐怖は感じる。仄暗《ほのぐら》い穴の底を見つめていると背筋に冷たいものが走る。だが、それは心から湧き上がるものではなく、もっと根源的な、原始的な、生物としての本能からやってくる恐怖にすぎない。人間の意思は本能を逸脱できる。そして、継人の意思はすでに決断している。だから彼は迷わなかった。一瞬すら迷わずに――

ゴミ穴に飛び込んだ。

「――――ッ」

直後に感じる強烈な浮遊感。心臓が縮み上がる。体中の細胞が、なんてことをしてくれたんだと継人を非難している。だがそんな声に耳は貸さない。継人はまっすぐ闇の底だけを見つめていた。

暗闇の中、どんな変化も見逃さないと目を凝らし、身構えていた継人を嘲笑《あざわら》うかのようにそれは突然きた。

光だ。

本当に急だった。まるで真っ暗な部屋の照明のスイッチを入れたように、なんの前触れもなく周りの闇がかき消えた。

そして、唐突に明るくなった周囲を確認する間もなく――

継人の全身を衝撃が襲った。

ビリビリと、痺れとも痛みともつかないものが体中を駆け巡る。

それと同時に、全身が冷たさに包まれた。

「がぼっ……！」

口から泡が溢れた。

人間が高所から落下した際、どのような場所に落ちれば無事でいられるだろうか？　そう問われたとき、ほとんどの者が同じ答えを思い浮かべるだろう。

そう、継人が落ちたのは水の中だった。

水はきれいに澄んでいた。

継人が落下した衝撃で立ち上った泡が、今しがた口から漏れ出た泡とともに、水面へと昇っていく様子がよく見えるほどだった。

昇っていく泡の行方を見つめながら、継人が水に打たれた全身の痺れが消えるのを待っていると、不意に彼の足裏に感触が返ってきた。つられて足元に目を向けると、白に近い色の岩肌に足がついていた。どうやらここが水の底のようだ。水底からもう一度上に視線を戻す。水面は目測で五メートル以上先だろう。落下の勢いで随分と深いところまで沈んでしまったらしかった。

もたついていると溺れかねない。そう思った継人は、体を深く沈み込ませ、水底にしゃがみ込むと、スクワットの要領で水面へと飛び上がった。

と、そこでももに鋭い痛みが走る。

なんだ、と目をやると、そこには一匹の魚がいた。

体長五十センチに迫る大きな青い魚が、継人のももに噛みついていたのだ。

青い魚が噛みついたところから、赤い煙のように血が水中に漏れ出ていた。

継人は反射的に剣で斬りつけようとしたが、右手に握っていたはずの剣がない。

どうやら水面に叩きつけられた衝撃で、どこかに落としてしまったらしかった。

仕方がないので握った拳で脚に喰いつく魚を殴りつけた。その衝撃で魚は口を放す。しかしそれだけだった。水中で勢いの減衰した拳では大したダメージは与えられず、魚は再度継人に喰らいついた。

「……ッ!」

痛みで貴重な空気が口から漏れる。

拳が効かないならこれしかない。継人はベルトから投げナイフを一本抜くと、それを青い魚の横っ面に突き刺した。

これにはたまらず、青い魚も噛みつくのを止めて、ナイフを抜こうとのたうちまわるが、横っ面を貫通したナイフはなかなか抜けず、魚は徐々に継人から遠ざかっていく。

ナイフは惜しいが、これ以上は相手をしていられない。さすがに息が苦しい。

継人は魚を無視して水面に向き直った。

「――ぶはぁ‼」

水面から顔を出して、たっぷりと空気を味わいながら見渡した景色は、乳白色の岩壁と透き通る水以外に目につくものがない、だだっ広い空間だった。

地下洞窟にある湖……というよりは、地下の空洞が浸水したように見える。

上を見上げると、はるか二十メートル以上も先の天井に、ゴミ穴の出口らしき穴が確認できた。あんなところから落ちてきたのか、と継人は僅かに顔を青くした。

他に何かないのか、と再び周囲を探り始めたところで、動く何かが視界に入った。

波立ち、舞う水飛沫。目を凝らすと、その正体は水面でもがくライアットだった。随分と派手にもがく様子から、もしかして溺れているのだろうかと継人は思ったが――違った。

ライアットには青い魚が群がっていた。肩に、顔に、振り払おうとしている腕に、いったい何匹いるのか定かではないが、もうどうしようもない数なのは確かだ。

継人は思わず見入ってしまいそうになるが、そんな場合ではないと思い直す。もたもたしていたら自分もライアットの二の舞である。

継人は改めて周囲を見渡し、自分から一番近い岩壁に裂け目のようなものを発見した。その裂け目が奥へと続く道のようになっている。

それ以上周りをうかがっても他に目指すべき場所が見当たらなかったので、魚が来ないうちにその裂け目を目指して泳いだ。

泳ぎ着いた場所は浅瀬になっていた。ブーツが十センチほど水に浸《つ》かっているが、しっかりと足がつく。

五メートル以上の深さから、一気に十センチほどの浅瀬になっているので、上がるのに苦労したが、ここならあの大きな魚も追ってこれないだろう。

ライアットはどうなったか、と継人が振り返ると、そこには彼の姿がなかった。

代わりに、彼がもがいていた場所は広い範囲で血に染まっていた。人間の体からこれだけ大量の血が出るのかと、継人は変な感心をしてしまう。

「――あ」

そういえば、と継人はネームウィンドウを表示するが、彼は未だレッドネームにはなっていなかった。

出血量を考えたらライアットが生きているとは思えないが、それでも継人がレッドネームにならないということは、ライアットを殺したのは彼をこの場所に突き落とした継人ではなく、突き落とされた彼に喰らいついていた青い魚――ブルーキラーフィッシュだということなのだろう。

ブルーキラーフィッシュは『魔鉱窟』に出現するモンスターの中で、特に危険なモンスター二種のうちの一種であり、鋭い牙と群れる性質をもっているため、一度襲われれば撃退するのは困難な魔鉱窟最強のモンスターである。

ただし、ブルーキラーフィッシュの出現が確認されているのは、魔鉱窟の最下層である五階層のさらに最奥にある湖のみであり、普通は出会うこともなければ、戦うこともないモンスターなのだ。

もちろん継人も情報は把握していたが、実際に出会うことはないと思っていたモンスターである。そのブルーキラーフィッシュがいるということは……

「ここは五階層なのか――？　……いや」

『魔鉱窟』は所詮Eランクダンジョンなのだ。

ゴミ穴が、そんな最低難易度迷宮の五階層に落下する程度の罠《わな》だったのなら、生還率０％という結果にはならないのではないだろうか。

確かに、ブルーキラーフィッシュのいる水の中に放り込まれる罠と考えれば凶悪かもしれないが、それにしたって、なんの備えもできていなかった継人でさえ――ライアットが囮《おとり》のようになっていたとはいえ――こうして生きているのだ。もしここが五階層だというのなら、今までどんな冒険者も生きて戻らなかったというのは不自然だ。

だったら、やはりここは五階層ではなく、別のさらに危険な場所だと考えたほうが自然だろう。

ルーリエは無事なのだろうか。

ゴミ穴に落とされたのは大人三人に痛めつけられた後であり、落ちた先にはブルーキラーフィッシュの群れがいて、それを逃れても、ここは生還率０％の未知の領域。

彼女が生きているかもしれないという希望が生まれた今だからこそ、絶望の足音もまた隣にひたひたとついて離れない。

「…………ちっ」

継人は舌打ち一つ、ライアットの血に染まる巨大な水たまりに背を向けた。

あんなものをジッと見ているから不安になるのだ。そんなところにルーリエは居やしない。

継人は己に言い聞かせるように、正面に続く道の奥に視線を固定した。

目の前に延びる道は、一階層の通路とは何もかもが違う。

まず高さだ。一階層の四、五メートルほどの天井も相当高いと感じたが、それよりもはるかに高く、倍以上はある。その代わりか横幅はむしろ狭い。ただし、狭いとは言っても道幅自体が狭いというよりは、大小様々な岩の塊――小さなものはサッカーボールぐらいから、大きなものでは継人の背丈をはるかに超えるものまで――がそこかしこに転がっており、それらが道を窮屈なものにしていた。

岩のせいで見通しは悪いが、それでも道がもっと奥まで延びているのは確認できる。

この道以外、他に足場になる場所も、進める道も見当たらなかった。つまりこの先に居るのだ。

ルーリエはこの先に居る。

逸《はや》る気持ちと等量の不安を抱えながら、継人はバシャッと水を蹴って、道の先へと一歩を踏み出した。

＊

バシャバシャと水面を蹴り、踏みつける音を響かせながら継人は進んでいた。

通路の先、岩の陰、と視線をせわしなく動かしながら進んでいるが、未だルーリエの姿は発見できない。

走り出したくなるような焦《じ》れる気持ちを抑えて、慎重に視線を巡らせる。岩の死角が多いので、見落としがないように気をつけなければならない。

少し進むと、通路に巨大な岩が鎮座していた。

岩はあまりに大きく、通路の大半を塞いでいたが、岩と通路の壁の間には僅かな隙間があった。

その隙間から向こう側に通り抜けようと、継人は岩に手をつき、人ひとり通るのがやっとの隙間に体を潜り込ませた。

そこで、それは視界に入った。

「……血？」

継人が手をついていた場所から、ちょうど五十センチほど下に、赤い手形のようなものが残っていた。

触ってみるとすでに乾いていたが、それほど古くない血痕のように見える。

「…………」

口の中が渇くのを感じながら、継人は一際慎重に周囲を探る。すると、少し進んだ先にある岩に同じような赤い跡を発見した。

岩の低い位置に付いた赤い跡。子供のように小さな赤い手形。

そこからは思考がうまく働かなかった。

ただ、新たな赤い跡を探し、たどっていく。

赤い跡をたどり、数分も進まないうちに継人の前に分かれ道が現れた。それは左右に分かれたY字路だった。

左右ともに代わり映えのしない通路。そこに赤い標《しるべ》を求めて継人はキョロキョロと視線を動かした。

そして――

ドクンッと心臓が跳ねた。

「……あぁ」

継人の口から思わず呻きが漏れ出た。

それは彼から向かって左の通路の先だった。

そこに転がる岩の陰に――

いた。

それほど大きくもない岩の陰。

そこからチュニックに包まれた小さな尻がちょこんとはみ出していた。

「…………ルーリエ？」

継人がおそるおそる漏らした声に反応して、はみ出した尻がぷりりと揺れる。

そして、

「……ツグト？」

顔を上げた。

身を隠すように岩陰にしゃがみ込んでいた少女が――ルーリエが、顔を覗かせた。

岩陰から現れたルーリエの姿は痛々しいの一言だった。

どれだけ殴られたのか。顔中に赤黒い痣《あざ》ができ、左目に至ってはまぶたが腫れ上がり完全に塞がってしまっている。

さらに着ているチュニックは血だらけで、特に右肩付近は真っ赤に染まっている。そこに何かしら大きな怪我をしているのは明らかだった。

だが——生きている。

夢でも幻でも妄想でもない。

間違いなくルーリエは生きていた。

継人はルーリエに歩み寄ると、彼をうるうると見上げる彼女の口に、ＨＰポーションの容器を問答無用で押し込む。

「んむっ、……んぐ、んぐ、んぐ。…………しゅわしゅわ」

「泣いてたのか？」

震えそうになる声を噛み殺し、口角を無理矢理に上げて問う継人に、

「む……ないてない。わたしは強いから、なかない」

今にも決壊しそうなほどに、限界まで涙を溜めた瞳でルーリエが答えた。

彼女のその言葉に継人は頷く。

別に継人は口止めしていたわけではないのだ。危険を感じたなら、自分の情報なんて売ってくれてもよかったのだ。それでもルーリエは話さなかった。継人のことを話すことなく守り通し、挙句こんな場所に落とされ、しかし、それでも生き残ったのだ。

痛かったはずだ。苦しかったはずだ。怖かったはずだ。それでも泣かずに、今こうして継人を見つめ返しているのだ。

ああ強い。

お前はホントに凄いやつだ。

継人は心から頷いた。
頷いた反動で、必死に耐え忍んでいたものがついにこぼれ落ちた。
ボロボロと、ボロボロと、一度決壊したら、次々に溢れ出して止まらなかった。
それを見たルーリエが、
「……………だいじょうぶ。きっとないしょにする」
そう言って、精一杯背伸びしながら継人の頭を撫でた。
どうやら自分はまだまだ強くなかったらしい。
だが相棒は内緒にしてくれると言うのだ。
だから、今このときぐらいは自分は弱いのだと、そう認めようと継人は思った。

第二十六話　瘦せ細った巨人

継人がルーリエと再会してからすでに四時間が経過していた。

「ふみゅ……ふにゅ、んみゅ？」

「起きたか？」

あの後、前日から一睡もしていなかったルーリエは、継人と再会したことで緊張の糸が切れたのか、気を失うように眠ってしまった。それを起こすのは憚《はばか》られた継人がそのまま彼女を寝かせ、今までモンスターを警戒して見張りを続けていたのだ。

寝そべっていた岩の上で体を起こしたルーリエは、ポーションの効果ですっかり元通りに治った顔で、ぼんやりと傍らの継人を見上げた。

「…………おきた」

「起きたんならシャキッとしろ。今からダンジョン探索だぞ」

「……たんさく？」

「ああ。さすがにゴミ穴をはい上がるのは無理があるからな。別の出口を探す」

彼らが落ちてきた穴は、水没した広間の天井の中央付近にある。天井までの高さは二十メートル以上もある上に、さらにその中央付近ともなれば、壁をよじ登って手を伸ばしたところで、穴までは到底届かない。仮に届いたとしても、垂直の穴を一階層まで登っていくのは無理があるだろう。

故に、この階層から脱出するには別の出口を探すしかない。

「モンスターの気配は不思議とまったくないけど、だからってあんまりのんびりはしてられない。なんせ食料がこのグズグズに水吸った干し肉しかないからな。ちんたらやってたら飢え死に待ったなしだ」

そう言って、継人は干し肉の入った袋をルーリエの顔の前でぷらんぷらんと揺らす。

「……た、たいへん、はやくさがすべき」

目が覚めたらしいルーリエが、今の状況というよりは目の前で揺れる肉におののいていた。早くダンジョンから出ないと、この干し肉が自分の口の中に放り込まれると彼女は恐れていた。

ちなみに、ブルーキラーフィッシュは毒をもっているので、捕まえて食べるというわけにはいかない。

――いや、あるいは継人だけなら、

【毒耐性Lv1】

おそらく、タグを外していた間に取得したと思われるこのスキルがあるので、毒があっても大丈夫な可能性はあるが、ルーリエが食べるのは無理だろう。

一応、一つだけ残っている解毒ポーションと一緒に食べるという荒業もあるにはあるが、さすがにそれを実行に移すほど追い詰められる前には、出口を見つけ出したいところである。

よほど肉を食べるのが嫌だったのか、ルーリエは岩の上から飛び降りると、早速とばかりに歩き出した。

しかし、その方向がおかしい。

ルーリエは来た道を引き返そうとしている。

「おい、待った。戻ってどうする。先にこっちを調べたほうがいいだろ」

今、二人がいるのは、行き当たったY字路を左に進んだ道の途中である。戻って右の道を探索するより、先に現在いる道の奥を確認したほうがいい。

そう思って、そちらを指し示す継人に、

「そっちはあぶない。やめるべき」

ルーリエはふるふると首を横に振った。

「危ないって何がだ？　つーかもう調べたのか？」

「そう。そっちには〝おおきいやつ〟がいる」

「大きい奴……って、モンスターか？」

こくり、とルーリエは肯定する。

「大きいモンスター…………？　なあ、それってどのくらい大きいんだ？」

「む……。このくらい？」

ルーリエは指先がぷるぷると震えるほど腕を目一杯に広げて、モンスターの大きさを表現する。しかし、それだけではまだ足りないと感じたのか、手を広げたままその場でくるくると回りだした。

それは独創性に溢れる表現だった。ただ、溢れすぎた結果、大きさのほどは継人にはさっぱり伝わらなかった。

「おう。そりゃでかいな」

「そう。でかい」

継人の適当な相槌《あいづち》にルーリエは満足げに頷いた。

そんな彼女を尻目に継人は、ふむ、と考え込む。

継人が知る限り——つまりは冒険者ギルドの資料で調べた限りで言えば、この『魔鉱窟』でもっとも大きなモンスターは、縦にはゴブリン、横にはビッグポイズンスパイダーで、それよりも大きなモンスターはいない。

そして、その二種のモンスターに関しては、すでにルーリエと一緒に戦っているので、彼女も把握しているはずである。それをわざわざ「大きなモンスター」などとあやふやな言い方はしないだろう。

であるならば、ルーリエの言う「大きなモンスター」とはなんなのか。

「一応、見に行くか」

「……あ、あぶない。やめるべき」

ルーリエが継人のシャツの裾をぐいぐいと引っ張って止める。

この無鉄砲な少女がこうも危険を訴えるのだから、相当に危険なモンスターがいるのかもしれない。

継人は警戒を強めたが、だからといって確認しないで良いということにはならない。むしろ危険があるなら事前に確認しておきたい。

「少し隠れて見るだけだ。やばかったら即行で逃げる」

「…………むぅ、わかった」

その道は、今まで進んできた道と特に代わり映えしない。

相変わらず足元は水浸しで歩きにくく、大小の岩がそこかしこに転がっていて見通しは悪い。

そんな道を慎重に、できるだけ水音を立てないように進むこと二十分ほど。継人たちは新たな分かれ道に差しかかった。

左前方に延びた道と右後方に延びた道。二本の道が続いている。

「……どっちだ？」

「こっち」

左前方の道を指差すルーリエの指示に従って、その道をさらに十分ほど進んだ。

たどり着いたそこは、はじめに落ちてきた場所と似たような構造の、水没した広間だった。

ただし、初めの広間とは明確な違いが三つある。

一つは天井。当たり前だが、そこにはゴミ穴の出口のような穴は見当たらなかった。

もう一つが水深。初めの広間は五メートル以上の深さがあったが、ここはせいぜい二メートル程度のようだ。

そして最後に決定的な違いが一つ。

岩陰に身を隠しながら、広間の様子をそっとうかがっていた継人は息を呑む。

ルーリエが警戒するのも当然だった。

そこにいたのはまさしく怪物だった。

身の丈四メートルを超える巨体。その大きさに似合わず不気味なほど痩せ細った体軀。痩身からは人間のような手足が伸びており、肌は墨を被ったように真っ黒い。

そしてなによりもその顔――……単眼である。

人に近い骨格の頭部に耳があり、顎があり、口があり、しかし、眼は一つしかない。口の上、本来なら鼻があるその位置から額にかけて、顔の面積のほとんどを陣取るかたちで巨大な眼球が一つ、ギョロリと輝いていた。

一つ目巨人《サイクロプス》。

継人の脳裏にそんな名前が浮かんだ。

広間の中央でサイクロプスは狂ったように暴れていた。

骨が浮き出るほどに痩せた腕を振り回して、水面を何度も何度も叩きつけている。

はじめは何をしているのかまったく分からず、本当に狂っているのかと思ったが、サイクロプスが水面を叩いた際に、水とともに空中に打ち上げられたブルーキラーフィッシュを見て、継人は答えにたどり着いた。

それは食事だった。

打ち上げられたブルーキラーフィッシュをサイクロプスが掴み捕り、生きたまま口に放り込むとグチャグチャと咀嚼する。しかし同時にサイクロプスの脚に、脇腹に、腕に、ブルーキラーフィッシュの群れが水面から飛び跳ね喰らいついていた。

間違いなくそれは食事だった。

ただ、どちらの、ではなく、互いが互いを食い合っているのだ。

見るに堪えないおぞましい光景だったが、継人たちにしてみれば状況は悪くない。

なぜなら黙って見ているだけで、危険なモンスターが共倒れになりそうだったからだ。

継人は期待を込めて様子をうかがい続ける。するとサイクロプスが突然苦しみ出した。腹を押さえ呻き、ついには吐血し始める。

(……ブルーキラーフィッシュの毒か)

継人はすぐに思い至った。

毒で苦しむサイクロプスに、ブルーキラーフィッシュの群れは容赦なく襲いかかる。脚、腕、胴と、その体軀を次々に削り、貪っていく。

肋骨《ろっこつ》の浮き出た脇腹からは青い血が溢れ、棒のように細長い四肢の肉はえぐれ、巨人の姿がどんどん痛ましいものに変わっていく。

これはどうやらサイクロプスが敗れそうだ。

継人がそう考え始めたときだった。

突然、水面に巨大な穴が空いた。

サイクロプスの足元——その水面が押し潰されたようにへこみ、水の底まで剝き出しになったのだ。

まるで、そこだけ見えない敷居《しきい》に遮られたように、ポッカリと空いた水の穴の底では、ブルーキラーフィッシュが見えない何かに押し潰されるように、次々とぺしゃんこになっていく。

そして、その現象の余波が継人たちを襲う。

本来、水面の穴を満たしていたはずの水は、何も消えてしまったわけではなかった。押し潰される圧力に負けて、その場から押し出されただけのことだ。限界まで湯を張った風呂釜に飛び込めば、自分の体積の分だけ湯は溢れ出す——それと同じだ。

溢れた水は押し出される力を失わないまま波になり、閉ざされた空間内で波の力を逃がせる場所は、継人たちが身を隠した通路しかなかった。

「やばい——ッ！」

思わずこぼすがもう遅い。

継人は咄嗟にルーリエを抱えるのが精一杯だった。

二人は波に呑まれ、通路を引き返すように押し流されていった。

第二十七話　宝箱

「ゴホッ！　ゴホッ！　……ぺっ……ぺっ、ぺっ。……ちっ、砂食った」

「……むぅ…………けぷ」

波が引くころには、二人は広間から遠く離れた場所まで流されていた。

頭までずぶ濡れになった継人は、顔の水気を拭いながら、遠くなった広間の方角を恨めしげに睨みつける。

「なんだったんだ最後のアレ……。スキル？　それともアレが魔法ってやつか？」

「……モンスターは魔法はつかえない。だからたぶんスキル…………けぷ」

流された際に相当水を飲んだのか、ルーリエのお腹はパンパンに膨れていた。

あまりにも見事に膨れたお腹を見て、好奇心に負けた継人が指でぽみゅんとつついてみると、ルーリエは口からピューと水を噴いた。

「モンスターって魔法は使えないのか……」

「ずばり。呪文をとなえないとダメだから、しゃべれないとむり…………けぷ」

継人に講釈できるのが嬉しいのか、ルーリエはポッコリお腹のまま半眼を輝かせてどや顔になっていた。

継人が再度お腹を押すと、ルーリエはどや顔のままピューと水を噴いた。

「まあ、なんにしたってあれは相当やばい。あの部屋には出口らしきものは見当たらなかったし、もう近づかないほうがいいだろうな」

「けぷ。そうするべき」

二人は広間から離れるように、来た道を引き返し始めた。

程なく、前方に先ほど通った分岐が見えてきたが、その景色を見て、継人は激しい既視感を感じていた。

広間に向かっているときは気づかなかったが、通路を引き返してきた現在、逆側から見た分かれ道はきれいなY字路になっていた。それはゴミ穴の終着点だった最初の広間を抜けて、ルーリエと再会したあのY字路と酷似していた。

「…………」

継人はY字路を眺めながら一瞬だけ何かを考え込んだが、浮かんだ考えを口にすることはなかった。

「左の道は調べたのか？」

「そっちはまだ」

もと来た道はY字路の右の道からである。未探索の場所を残したままそちらに引き返しても仕方がないので、二人はこのまま左の道に進むことにした。

左の道は代わり映えのない一本道だった。モンスターが出るわけでもなく、至って平和な道のりが続く。

しばらく一本道を進んでいると、また新たな分かれ道が見えてきた。

左斜め前方に延びる道と、右斜め後方に延びる道である。

継人はしばし分岐の前で立ち止まり、二つの道を睨むように観察した。

そして、今度は無言のまま左の道に足を踏み入れると、数歩ばかり歩を進め、唐突に分かれ道へと振り返った。

「…………」

継人の視界には見覚えのある造りのY字路が映っていた。

「？」

前を歩く継人が突然後ろを振り返ったので、ルーリエが、くりん、と首を傾げる。

「……いや、なんでもない」

と、継人は左の通路をそのまま進んだ。

そしてまた道の先で広間に行き当たった。

そこは、これまでと同じような水没した広間だったが、今度はサイクロプスのような化け物がいるわけでもなく、代わりに広間の中央に島――というよりは、舞台のような岩の足場が水面から覗いているのが確認できた。

「――む！」

ルーリエがいきなり興奮したように声をあげると、広間の水面に飛び込んだ。

彼女のいきなりの行動に焦った継人だったが、水は浅いようで飛び込んだルーリエは足がついている。水深は彼女のもものあたりまでしかなく、せいぜい五十センチあるかないかといったところだ。

ルーリエはパシャパシャと水を掻き分けながら、広間の中央に向かって進んでいく。

「あ、おい。ブルーキラーフィッシュがいるかもしれないから気をつけろよ！」

「わかった」

そう答えながらも、水面を一瞥すらしないで進んでいくルーリエの姿に、「絶対分かってないだろお前」とぼやきながら、継人も後を追いかけていく。

どうやら継人の心配は杞憂だったようだ。水の中には魚影の一つも見当たらない。特に危険もなく広間中央の足場までたどり着いたルーリエは、その上によじよじと登る。

「やった。すごい。すごくて――………すごい！」

岩の舞台の上でルーリエが語彙も少なく喜んでいた。めずらしく無表情な頬が紅潮して、興奮した様子だった。

そんな彼女が熱く見つめていたのは――

「宝箱！」

それは縦は五十センチ、横は百センチ、高さ五十センチほどの石製の箱だった。

現在いる階層を形作っている白い岩をきれいに削り出し、優美な装飾を彫り込んで仕上げたと思われる石造りの箱。それが三つ並んでいる。

「………これが宝箱？」

冒険者ギルドで読んだ『ダンジョン学入門』という本には、ダンジョンには宝箱と呼ばれるものが湧いて出てくると記されていた。継人がそれを読んだときは、「ゲームじゃあるまいしそんな馬鹿な」とも思ったが、しかしそれはゲームの知識がある継人だから、記された文字が『宝箱』と認識できただけで、実際には文字どおりの『宝箱』とは違う、別の何かがあるのだろうと考えていた。

しかし、実際目の前にある宝箱はまさしく文字どおりの『宝箱』だった。明らかに人の手で作られたであろう優美な石の箱が、生還率０％の落とし穴の底にきれいに並べられていたのだ。

（おかしいだろ、これは……）

まず大前提として『ダンジョン学入門』には、「ダンジョンとは自然に発生するものであり、存在そのものが自然現象の一種である」と記されていた。

（だったらこれは何なんだよ）

ダンジョンは明かりが無くてもなぜか明るい。

ダンジョンの壁は掘り返しても勝手に元通りになる。

これらの現象は明らかに異常だが、それでも異世界の洞窟なのだから、未知の物理法則が働いて、そんな不思議な現象が起こることもあるのかもしれない――継人はそんな風に納得しかけていた。だが、この宝箱については到底納得できない。

こんな物が湧いて出ると言われて、それが自然現象の一部だと言われて、いったい誰が納得できるというのか。

（そもそも、この宝箱をデザインした『誰か』がいるはずだろ。それをあの本の作者は、何を考えてダンジョンが自然現象だなんて言ってやがるんだ？）

継人が黙って考え込んでいると、横合いから「むうううう」と唸り声が聞こえた。

声につられて視線を向けると、ルーリエが宝箱の蓋を押し開けているところだった。

ガコンッと重厚な音を立てて、宝箱が開く。

「――て、お前なに勝手に開けてんだ⁉　罠とかあったらどうすんだよ！」

「……ワナ？　む、もうてん」

「む、盲点……じゃねえだろ」

「でも、へいきだったから、へいき」

継人の小言を聞くのもそこそこに、ルーリエは瞳をキラキラと輝かせて宝箱を覗き込む。

その様子にため息をついた継人だったが、それでも宝箱の中身には興味があるのか、ルーリエの横合いから、ちらりと中を覗き込んだ。

そこにあったのは、

「……ナイフ？」

大きな箱の中にポツンとナイフが一本だけ入っていた。

ナイフの良《よ》し悪《あ》しはともかく、絵面としてはかなり寂しい。

「これだけか……」

「……まだ宝箱はふたつある。しょうぶはこれから」

罠を警戒しながら残りの宝箱も開けていく。

二つ目の宝箱に入っていたのは指輪だった。うずくまれば継人だって入り込めるほど大きな箱の中に、小さな指輪が一つだけポツンと入っていたのだ。ナイフを上回る寂しい絵面である。

そして残る最後、三つ目の宝箱には――

「これはうんめい」

宝箱の前で眠たげな半眼をキラキラと輝かせながら、スコップを掲げるルーリエの姿があった。

そう、理解不能なことに最後の宝箱の中身はスコップだったのだ。

ナイフと指輪とスコップ。

これだけ大きくて派手な宝箱から出てきたと考えると、正直ガッカリなラインナップである。

本当にこれだけなのか、と継人は未練がましく宝箱をペタペタと触る。

スコップを掲げたままトリップしているルーリエを放置して、継人はしばらくの間カラの宝箱を調べ続けたが、特に何も見つかることはなかった。

やがて継人は諦めてため息をついた。——そこで突然、

『達人の鋼鉄のナイフ＋1《プラス》を装備しました』


タグに内蔵されたスキル【システムログ】の通知が頭の中に響いた。

「————は？」

＊

アーティファクトと呼ばれる装備品がある。

それは普通の剣や鎧などとは違って魔力を溜め込める領域——この世界の人間が『魂』と呼ぶもの——を持っている特殊な装備品のことである。

ステータスタグがそうであるように、アーティファクトの『魂』には個々にスキルが刻まれてお

り、アーティファクトを装備した者は、その『魂』に刻まれたスキルを自分のスキルの一つとして使用できる。

戦闘の重要な要素でありながら、習得や鍛錬に多大な労力を要するスキルが、いとも容易く手に入ることから、冒険者であれば誰もが求める貴重な装備品——それがアーティファクトなのだ。

達人の鋼鉄のナイフ＋《プラス》１【見切りＬｖ２】
宝物庫の金貨の指輪＋《プラス》２【アイテムボックスＬｖ３】
力漲《みなぎ》るアイアンスコップ【剛力Ｌｖ１】

継人の視線の先に、そんな貴重品が三つも並んでいた。

宝箱から出てきたアイテムは、どうやら三つともアーティファクトだったようで、魔力を流し込んでみると【システムログ】による装備完了のアナウンスとともに、ステータスの装備欄に装備名とスキルが表示された。

「……むぅ、『エクスコリパー』はわたしの。かえしてほしい」

並べられたスコップの前で、なぜか正座していたルーリエがピッと挙手して意見を言った。

「……まあ、どうせ二人で分けるんだから返すのは別にいいけど、お前マジでそのスコップがほしいのか？」

継人は——エクスコリパーなる謎の名前のことは聞き流して——ルーリエに尋ねた。

それぞれのアーティファクトに付いたスキルの効果がはっきりとは分からないため、それらの良し悪しについてはなんとも言えないところだが、それでもスコップに付いたスキルはレベル１なのだ。三つの中で一番スキルレベルの低い『力漲るアイアンスコップ』は、素直に受け止めれば一番のハズレ装備だと言える。いや、そもそもスコップが装備品なのか、というところからして議論の余地がある。

「むぅ、ツグトもエクスコリパーがほしいのはわかる。でも、わたしがさきにみつけた。わたしにゆずるべき」

うん、いらん。と継人は思った。

だが、半眼を輝かせてスコップを見つめるルーリエに、水を差すようなことを言うのも野暮である。

故に――

「そうか……そこまで言うなら仕方ない。正直俺もかなりほしいが…………マジでほしいけど……今回は、今回だけはっ…………譲ろう」

「…………ツグト、ありがと。きっと、きっとだいじにする」

無駄な演技力を発揮する継人に、ルーリエは感極まったように瞳を潤ませた。

彼女はとても素直だった。

「そのかわり、あとのふたつはツグトのもの」

「え？」

――ルーリエに押し切られるかたちで『達人の鋼鉄のナイフ+《プラス》1』『宝物庫の金貨の指輪+《プラス》2』の二つのアーティファクトが継人の手の中に残った。付いているスキルのレベルを見た限りでは、この二つのアーティファクトのほうが、スコップよりも上等な物であることはほぼ間違いない。

（おかしい。なんだこの罪悪感は）

キラキラとした目で再びスコップを掲げたルーリエを、継人は微妙な表情で見つめていた。

第二十八話　悪い知らせ

結局、この広間では宝箱以外のものは見つからなかった。

何か外に繋《つな》がるヒントぐらいはあるのでは、と継人は期待したのだが、いくら探し回ってもそれらしきものはなかった。

もう、これ以上は調べても仕方がないと結論を出した二人は広間を後にした。

スコップを嬉しそうに振り回し、足取り軽く水を蹴るルーリエとは対照的に、継人の足取りは重い。

しばらく通路を引き返しているとY字路が見えてきた。二人がやってきたのは右の道からである。当然、未探索の左の道へと足を向ける。

歩を進めながらも、継人の中を焦りが支配しつつあった。

ゴミ穴に飛び込み、水没した広間に落ち、その広間から脱出し、Y字路に行き当たり、そこでルーリエと再会し……と、今までたどったこの階層の道を頭の中で整理し、地図を作るようにイメージを固めていく。

（……やっぱりこれはまずい）

予感が確信に変わりつつある。

このままでは駄目だと、より慎重にあたりを調べながら進んでいく。何かあるはずだと目を凝らし、白い岩壁を触り、どんな小さなことでも見逃さないとばかりに慎重に歩を進める。

しかし、彼のそんな努力を嘲笑うかのように何も見つからないまま――

分かれ道に行き当たった。

「…………」

左斜め前方へと延びる道と、右斜め後方へと延びる道。見覚えのある造りの分かれ道である。当然だ。まったく同じ造りの分かれ道をもう三度も見ている。

継人はあたりに視線を巡らせた。探しものがあるからだ。

だが、もしこの探しものが見つかってしまったら、はっきり言って最悪の事態である。見つかってほしくない。そう思いながらも探してしまう。見つかったらどうしようと思いながらも、探すのを止められない。

そして――

継人は見つけた。見つけてしまった。

それは道に数多く転がる岩の一つに付着していた。

赤い跡だ。

赤く小さな模様が岩の側面に付いていた。

それは血に濡れた手で岩に触れた跡だった。

それは血で押された小さな子供の手形だった。

つまりそれは――ルーリエの手形だった。

「――……最悪だ」

ルーリエの血痕が残っているということは、今いるこの場所は、継人がはじめに行き当たったY字路――つまり、二人が再会したあの場所だということである。

出口を求めてY字路の左の道に探索に入ったはずが、今、Y字路の右の道から出てきてしまったのだ。

継人がたどってきた道は、それぞれの広間に続く通路以外には、脇道一つない一本道だった。その一本道を進んだ結果、一周して戻ってきてしまった。

それはつまりこういうことだ。

この階層には出口がない。

＊

『魔鉱窟』一階層にある落とし穴の底に広がる謎の階層。

この階層の全容を説明するのは容易い。

まず、この階層には三角形を描く形で一周する通路が存在する。そして、その三角形の三つの頂点の位置からは、また別の通路が延びていて、その先はそれぞれ三つの広間に繋がっている。

一つ目はゴミ穴が通じていた水没した広間。

二つ目はサイクロプスが暴れていた広間。

三つ目は宝箱のあった広間。

以上、これがこの階層の全てである。

あれから、継人たちはもう一度この階層を一周し直した。もしかしたら、何か見落としがあるかもしれないからだ。

歩いて一時間かからず一周できる道のりを、今度はタップリと二時間以上かけて探索した。

その結果、継人はこの階層の全容を把握するに至ったが、だからこそやはり頭を抱えざるを得なかった。

「………………ルーリエ、〝悪い知らせ〟と〝悪い知らせ〟があるんだが、どっちから聞きたい？」

「む、どっちもいっしょ。しゅ、しゅ」

「そうか、なら悪い知らせから教えてやろう。たぶん、というか、ほぼ間違いなく――この階層に出口はない」

深刻に構える継人とは裏腹に、どこか余裕のある雰囲気でスコップを素振りしていたルーリエ。しかし、彼女も継人の言葉の意味が呑み込めたのか、その余裕が見る見るうちに萎《しぼ》んでいく。

「……た、たいへん」

「そうだ、今めっちゃ大変なんだ。だから素振りはまた今度にしとけ。……それから、ぼちぼち声と足音抑えめにな」

「わ、わかった」

素振りを止めて、足音を殺しながら歩き始めたルーリエに、継人は抑えめの声で続ける。

「それで、もう一つの悪い知らせなんだけど――……」

さらなる悪い知らせということに構えるルーリエだったが、継人の口から出たのは思いがけない言葉だった。

「――出口はないけど、外に出る方法がないわけじゃないと思う」

一瞬、言葉の意味が分からず、固まったルーリエだったが、

「…………でられる？」

と、時間をかけて、なんとか理解した。

「たぶん、だけどな」

「む、いいしらせだった？」

確かに継人は悪い知らせを――と話し出した。

なのに、蓋を開ければ脱出の可能性を告げる良い知らせ。

ルーリエは、くりん、と首を傾げた。

「まあ、最後まで聞け。と、その前にちょっと話変わるけど――」

「？」

「お前、ダンジョンのモンスターがどこから湧いてくるか知ってるか？」

今までの話題といったいなんの関係があるのか。継人のそんな質問だったが、ルーリエは元来の素直さで質問を受け取り、ふむ、と考え込んだ。

「モンスター……どこから……むぅ……。そとから、ひっこしてくる？」

「それも正解の一つだな。つっても俺も本で読んだだけだから、ちゃんとは分かってないんだけど、おおまかに言うと三つの事例が確認されてるらしい。一つはお前が言ったとおり、外のモンスターが勝手に住み着く場合。もう一つは住み着いたモンスターが繁殖した場合。で、最後が……モンスターが攫《さら》われてくる場合だ」

「……さらわれる？」

「そうだ。そもそもダンジョンには不思議な性質があるらしくてな。例えば、外から見れば小さな洞窟なのに、中に入ればとてつもなく広かったり。地下にあるダンジョンの真上から、どれだけ穴を掘り進めてもそのダンジョンまでたどり着けなかったり。そんな辻褄《つじつま》の合わない〝空間の歪み〟みたいな性質がダンジョンにはあるらしい。で、その空間の歪みが稀《まれ》にダンジョンの外にまで広がることがあって、その歪みに呑まれると、強制的にダンジョン内部に引っ張り込まれる。その現象を〝ダンジョンが攫う〟って言うんだと」

「むむ、ふしぎ」

二人は岩陰に身を隠しながら足を進めていたが、先頭を歩く継人がふいに足を止めると、ルーリエの手を引いて岩陰にしゃがみ込んだ。

そのままヒソヒソと続ける。

「今の話は外から中に攫われるって話だけど、この現象には逆のパターンも存在する。つまり、ダンジョンの中から外への強制移動だ。こちらの場合はダンジョンに攫われるのとは違って、空間の歪みを人為的に発生させる方法が見つかってて、それが――」

「ボスをたおす」

ピッと挙手したルーリエが、継人に先んじて得意げに答えた。

「――なんだ、知ってたのか。そう、ボスモンスターっていう特殊なモンスターを倒した場合、空間の歪みが発生してダンジョンの外に繋がる扉が開くことがある。つまり、俺たちもボスを倒せばここから出られるかもしれないって話だ」

「むむ、やっぱりいいしらせ」

確かに、脱出の可能性というその一点だけを見れば、今の話は良い知らせに聞こえるかもしれない。しかし、実際はどうだろうか。

継人は岩陰からそっと顔を出し、そちらに視線を向ける。

水面に単眼を落としながら広間をうろつく黒い巨人。

もっと弱っていることを期待していたがそんな気配はない。毒で吐血までしていたはずだが、そのダメージはどこに消えてしまったのか。いや、毒だけではない。ブルーキラーフィッシュに喰いちぎられたはずの傷が一つも見当たらない。

この短時間で傷が完治したのだとすれば、それはもう傷の治りが早いなどという次元ではない。

身の丈四メートルを超える化け物を見つめながら継人は思う。

この知らせは、はたして良い知らせなのだろうか？

「あいつがボスだ。あの化け物、二人でブッ倒すぞ」

静かに響いた継人の言葉に、ルーリエはスコップをギュッと握ると、神妙に頷いた。

＊

本来なら、サイクロプスを倒すことで本当に外に出られるのか、確信を持つことは難しいかもしれない。

「ダンジョンには空間の歪みという性質があるらしい」

「ボスを倒せば、空間の歪みが発生して外への扉が開くことがあるらしい」

「もしかしたら、あの黒いサイクロプスがボスモンスターなのかもしれない」

らしい、らしいと、本で少し学んだだけの薄い知識の上に、もしかしたら、と、かもしれない、という希望的観測をトッピングした、半ば妄想に近い考えである。確信を持てというほうが無理がある。

だが、継人には確信があった。

その理由は、宝箱の発見があったからだ。

継人はこれまでダンジョンというのは、異世界特有の物理法則で形成された天然の洞窟だと思っていた。

実際に『ダンジョン学入門』にもそう書いてあったし、壁が自動修復されるような不可思議な洞窟に、人が関与できるなど思いつきもしなかったからだ。

しかし、宝箱を目にしたことで、その考えが変わった。

この洞窟には間違いなく人為的なものが働いている。そして、それを前提として考えた場合、ここから出る手段が存在しないはずがないのだ。

なにせ宝箱を見つけたのはこの階層である。ここが脱出不可能な場所であるなら、そんなものが設置される理由がない。

故に、継人は確信していた。ここを出る手段は必ずある。そして、それらしいものはサイクロプスしか見当たらないのだ。

「つっても、勝てるヴィジョンが全然浮かばん」

「だいじょうぶ。たおせそうなきがする。まかせてほしい」

あんな化け物相手にどう戦えば、と頭を悩ませる継人とは対照的に、ルーリエはスコップをギュッと握り、鼻息荒く、自信満々に言い放った。

この部屋には近づかないほうがいい。そう言って、継人の服をグイグイ引っ張って止めていた少女はどこへ消えてしまったのだろうか。スコップを装備した影響なのか、やけに強気である。

なにやら、今にも巨人に向かって駆け出しそうな危うさを感じたので、継人はすぴすぴと鼻息荒いルーリエの手からスコップを取り上げる。

「――あ。か、かえしてほしい。それがないとたいへん」

「いいか、よく聞けルーリエ。あれは普通に戦って勝てる相手じゃない。その自信は気のせいだ」

「そ、そんなことないとおもう」

スコップを手放したせいで急に自信がなくなってきたのか、反論しながらも若干目が泳いでいる。

「とにかく、勝手に突撃とかするなよ。分かったか？」

「……むぅ、わかった」

渋々頷くルーリエに、ため息をつきながら継人は腰を上げた。

何も考えずにぶつかって勝てる相手とは思えない。

確かな策がない限り、戦いにすらならないだろう。

広間をうろつくサイクロプスに背を向けると、勝つ算段をつけるため、二人は一旦その場を後にした。

第二十九話　開戦

そいつは自我に目覚めたころから、すでに特別な存在だった。

同族にはない特殊な力を持って生まれ、その力を思うがままに振るうことで、何者にも邪魔されることなく、自由気ままに生きていた。

腹が減れば殺し喰らい、敵がいれば殺し喰らい、気にいらなければ同族であっても殺し喰らい、特に理由がなくても目に入った生物は、弄び、殺し、喰らった。

そいつにとって世界はシンプルで、この世界の中で自分こそが王なのだと、思いどおりにならぬことなど何一つないのだと、そう信じていた。

それが覆されたのは突然のことだった。

いつものように目についた生き物を遊び殺し、その死肉を咀嚼していたときに、それは起こった。

何の前触れもなく、足元から光が溢れ出したかと思うと、全身が光に呑まれたのだ。肉体的なダメージはなかったが、あまりの眩《まばゆ》さに自慢の視力を一瞬奪われた。

そして、次にまぶたを開いたときには、まったく見覚えのない洞窟の中で独り佇んでいた。

そこは、ただただ狭い世界だった。

部屋が三つに、それを繋ぐ通路。そして、その世界の先住者である凶暴な魚ども。ただそれだけ。他には何もない。出口すらない。

狭い世界に閉じ込められて、どれだけの時間が経ったのか。出られないことを半ば悟りながらも、諦めきれずに意味もなく徘徊《はいかい》を繰り返す日々。

当たり前に飢え、飢えを我慢できずに毒を持つ凶暴な魚を喰らい、喰らった毒に内臓を破壊され苦しみ、しかし、そいつが持って生まれた強力な力の一つである、スキル【再生】が破壊された肉体を癒し続ける。

理不尽に対する怒りと、極度の空腹と、体を蝕む毒の苦痛。ずっと変わらず繰り返される時間は、長年にわたりその精神を削り続け、徐々にそいつは何も感じることも、何も考えることもなくなっていった。

あとに残ったのは、往年の見る影もなく痩せ衰えた体で意味もなく徘徊し、襲いかかってきた魚をただ喰らう、そんな存在。

何の意思もない。目的もない。ただ歩き、喰らう。それだけの存在。

それが、ゴミ穴の底に広がる謎の階層、この狭き世界に君臨する――黒いサイクロプスというモンスターだった。


また今日とて、狭い世界の中で、いつもと変わらない時間を繰り返していたサイクロプス。

そんな彼に変化は突然訪れた。

サイクロプスの擦り切れた精神が、何年ぶりか――いや、あるいは初めて感じるかもしれないほどの強い刺激に襲われたのだ。

ぞわり、と。

首筋を駆け上り、体内を這い回り、魂の中までも侵されるような怖気。

現在のサイクロプスの精神状態では、湧き上がるその感情が恐怖であることすら自覚できなかったが、それでも心臓が締めつけられるほどに強い刺激を、意思なき怪物といえど無視することはできなかった。

刺激に釣られて、サイクロプスは振り返った。

広間から一本だけ延びる通路。

その通路に転がる大小様々な岩の一つに、身を潜めながらこちらを睨んでいた男——継人のどす黒く濁った眼と、巨人の単眼が交差した。

継人は口元にニヤリと不敵な笑みを浮かべる。

戦いが始まった。

*

継人は魔眼に魔力を送りながら苦笑いを浮かべていた。

彼がサイクロプス討伐の準備に費やした時間は、およそ一日。

その準備時間の中で、戦いがどう始まりどう進むのか、数多くのパターンを想定していたが、現在の状況は想定の中でも悪い部類に入るものだった。

具体的に何が悪いのかと言えば、継人の存在が相手に発覚していることがすでに悪い。

継人はサイクロプスが背中を向けた瞬間を狙って、【呪殺の魔眼】を発動したにもかかわらず、発動とほぼ同時にサイクロプスは異常に気づき、さらには継人が潜む位置まで一瞬で看破してみせた。

サイクロプスの察知能力が特段優れているわけではないように思う。おそらく【呪殺の魔眼】自体に察知されやすい特性があるのだ。

魔眼を使用した際のダナルートやライアットの劇的な反応を思い返してみても、まず間違いないだろう。

継人が魔眼使用中に睨み殺す感触が分かるように、使用された側も睨み殺される感触が分かるのではないだろうか。

サイクロプスに気づかれないまま魔眼の力でHPを削りとり、そのまま削り切れるのが最良の展開だったが、もうその未来がやってこないことは確定した。

「まあ、そんなに簡単にいくとは思ってなかったけどな」

継人は口の中で呟く。

そして、息を一つ、大きく吸い込むと、

「やるぞッ!!」

叫んだ。

継人の声が響くのと同時に、彼の背後――通路の奥に、ここにはいないもう一人の足音が静かに遠のいていった。継人の耳には微《かす》かにその音が届いたが、サイクロプスの元にまでは届かなかった。仮に届いたとしても、そんなことは気にも止めなかっただろう。今、この怪物の意識の中には、彼の擦り切れたはずの精神をもってしても無視できない怖気と、その原因である人間のことしかなかった。

サイクロプスは巨大な単眼で継人の濁った眼を見つめ返す。己を揺さぶる刺激が、その濁った場所からやってくることだけは明確に理解できた。

故に、サイクロプスは眼を凝らした。かつての自分がそうしていたように――、眼を凝らして、継人の濁った瞳をまじまじと観察する。

もはや、サイクロプスはかつての自分など覚えていないし、思い出すこともないが、それでも長年にわたって行使してきた彼の力は、壊れた主を見捨てることなく正しく発動した――。


【呪殺の魔眼Lv1】魂を侵す視線を介して、自身のMPを低下させる呪い（限界値1）と引き換えに、対象のHPを（失ったMPの分だけ）低下させる呪い（限界値0）を付与する。互いに付与された呪いは、自身か対象のいずれかが死亡しない限りは解呪不可。


サイクロプスの単眼は、継人のスキルを本人以上に正確に見抜いた。

そして、己を襲う刺激の正体を見抜くと同時に巨人は動き出す。

精神ではなく、自身が脅かされていることに気づいたモンスターの本能が、その足を動かした。

継人は、こちらへと歩き出した巨人の迫力に息を呑みながらも、まずはステータスウィンドウを確認した。

MP：460／460（－《マイナス》20）（＋《プラス》10）

「くそッ。まだ二十秒かよ……！」

思わず悪態をつく。一秒で削り取れるＨＰは１。限界まで削り切るには、あとおよそ七分四十秒かかる。四メートル級の化け物と相対する時間と考えると絶望的に長い。

だが、泣き言を言っている暇はない。この間にも化け物は向かってきているのだ。ひとたび接近を許せば、その瞬間に敗北は確定する。

継人はサイクロプスとの距離を保つために、魔眼を相手に向けたまま、後ろに一歩——

「——は？」

下がろうとしたが、足がうまく動かなかった。

「はっ？　えっ？」

あまりにも想定外のことに慌てふためく。

継人は迂闊《うかつ》にも、もう後戻りのできないこの瞬間になって、初めて一つの事実に気がついた。

それは【呪殺の魔眼】を発動しながら歩行することが、とてつもなく困難だという事実だ。

いや、正確には少し違う。魔眼を発動するためには【魔力操作】スキルを使って、眼に魔力を送らなければならないのだが、【魔力操作】で魔力を動かしながら、同時に体を動かすことの難易度が高すぎるのだ。

手足を多少動かす程度なら問題ないが、歩く、ましてや走ることなど、とてもできそうにない。

それは例えるなら、右手と左手で同時に別々の文章を書き取るような難易度——と言えば近いだろうか。

「バカか俺はッ！　あんだけ準備したのにこのざまとかッ……！」

なぜ、今の今までこんなことに気づかなかったのかと自分に呆れる。

この制限は、これからの戦闘プランに多大な影響を及ぼしかねない。だが、今さら悔やんでも遅い。「やっぱり都合が悪いので待ってくれ」と言って、待ってくれる相手じゃないのは見れば分かる。

継人がもたついている間にも、サイクロプスは迫っている。もう、考えている時間はない。

継人は即座に魔眼を解除すると、バックステップから反転。踵を返した脱兎《だっと》の如《ごと》く、サイクロプスがいる広間から離れるように駆け出した。

（……とにかく、予定どおりで問題ないはずだ。駄目でも周回数を増やしてでもやるしかない）

考える暇さえなかったのが逆に幸いした。選択肢がないのに迷うという愚行を犯さずにすんだからだ。

継人は全力で、されど転ばないように注意しながら走る。通路には大小様々な石や岩が転がっているので、石を踏まないように、岩にぶつからないように、気をつけて走らなければならない。

ある程度広間から離れたところで、継人は一度後ろを振り返った。

視線の先、サイクロプスはなぜか立ち止まったまま、継人を追ってきてはいなかった。ならば、こちらも一旦立ち止まって【呪殺の魔眼】を使うべきか？　継人の中で一瞬葛藤が生まれたが、結局は自重した。ここはまだ場所が悪い。

（もう少し進めば、そこから先は俺のフィールド。勝負はそこからでいい）

この判断は正解だった。継人が正面に向き直り、再び走り出したのと同時——立ち止まっていたサイクロプスもまた動き出したのだ。

サイクロプスは、好戦的なブルーキラーフィッシュとの戦いが常だったせいもあり、逃げ出す獲物の姿がめずらしく、反応が遅れてしまっていた。だが、継人が逃げ出したのを理解すると、彼の後を即座に追い始めた。

体内を這い回っていた怖気は、継人が逃げ出すと同時に消えていたが、もはや関係ない。すでに彼の本能は継人を殺すと決めている。

サイクロプスは通路に踏み入るなり、継人目掛けて走り出す。

巨人が体軀を振るうにはあまりにも狭すぎる道幅と、通路のそこかしこに転がる岩の数々がその追跡を阻んだが、それでも小さく視線の先に消えてしまいそうだった継人の背中が、見る見るうちに大きくなっていく。

決して継人の足が遅いわけではない。彼の筋力値と敏捷値は、この世界に来たばかりのころと比べて、二倍を超える値になっている。地球の基準で言えば超人の域にある。だが、サイクロプスは文字どおりの人外。元来の身体能力が違いすぎて、瘦せ衰えた体などハンデにもならなかった。

さらに悪いことに、転がっている岩に進路を妨害されているのはサイクロプスばかりではない。

むしろ、継人のほうが対応に四苦八苦していた。

岩を躱すのにも巨人が一歩のところを、継人は三歩。巨人なら無視して踏み潰すような石でも、継人が踏めば転倒や捻挫まで考えられる。

慎重に進まなければならなかった。

されど、それ以上に急がなければならない。

継人は危ういバランスを保ちながら必死に走った。
(まだか――――!)
思わず、内心で叫ぶ。
もう、すぐ後ろにまでサイクロプスが迫ってきているのが分かる。
振り返って確認するまでもない。
馬鹿でかい足音に、馬鹿でかい息遣い。
こちらを圧迫するような馬鹿でかい気配が、今にも背中に届きそうなのだ。
(まだかッ――――!)
継人はなにも闇雲に逃げているわけではない。
きちんと目指している場所がある。
しかし、気が急いているせいなのか、その場所が酷く遠く感じる。
(まだかよッ――――!)
走る。走る。走る。走るしかない。
そして――
(――見えたッ!)
と、その瞬間――――
ぞりっ。
サイクロプスが伸ばした手。その指が継人の背中にかすする。
「…………ッ」

呼吸が止まる。

心臓も止まりそうだった。

もう足元なんて見ちゃいない。

ただただ必死に脚を動かす。

そんな継人の背に、今度こそ巨人は手を伸ばし――

*

「……いわをうごかす？」

「そう。通路の岩を全部動かす」

くりん、と小首を傾げるルーリエに、継人は傍らの白い岩をペシペシと叩きながら答えた。

「……む、どうして？」

「俺の魔眼が、限界いっぱいまで効果を発揮するのに四百八十秒かかる。それだけの時間、相手に捕まらないように、逃げながら魔眼を使わなきゃならない。そのためにこの通路を利用するんだ」

「ふむふむ」

「通路の岩を動かして、俺が逃げやすく、巨人は追いづらい、そんな通路に仕立て上げる」

例えば、通路に転がる岩を全て道の片側に寄せるだけでも劇的な効果が見込める。人間サイズなら空いた片側のスペースを悠々と走り抜けられるが、サイクロプスのサイズだと普通に走ることすら困難になるだろう。

「むむむ、てんさいかも」

「奴のでかい体は脅威だが、それを弱点に変えてやる」

＊

「だああああ――――っ!! 遠すぎんだよ、クソがぁ!!」

間一髪、巨人の手から逃れた継人は叫んだ。叫ばずにはいられなかった。

今、継人とサイクロプスの間には、両者を分かつように、とてつもなく巨大な岩が立ち塞がっていた。高さはサイクロプスの体長に迫り、幅は通路をほぼ塞いでしまうほどの大岩だ。

大岩と通路の僅かな隙間――――人間一人ならなんとか通り抜けられるが、巨人では決して通り抜けられない、そんな隙間に手を差し入れたまま、サイクロプスは固まっていた。

彼の壊れた精神ですらおかしいと気づく。彼はこの狭い世界を何年にもわたってさまよっているのだ。この通路を通った回数とて百や二百ではない。故に、考えるまでもなく分かった。こんなところにこんな岩があるのはおかしい。

「悪いな」

息を整えながら、継人はサイクロプスに向き直った。

「ここはもうお前の知ってるダンジョンじゃない」

継人が立っているそこは、今まで走ってきた通路とは違い、継人の手が入った継人の領域。立ち塞がる大岩はその境界線。

通路に細工していることがサイクロプスに発覚するのを恐れて、境界線を広間からかなり離れた場所に引いたせいもあり、危うく捕まってしまうところだったが、なんとかここまで逃げ込めた。

「ここはもう俺の支配域《テリトリー》だ」

ゆったりと立ち止まった継人は、余裕をもって【魔力操作】を開始する。

大岩の隙間から覗く巨人の黒い手に向けて【呪殺の魔眼】を発動した。

第三十話　同種

通路を塞ぐ巨大な岩を盾にして、順調に相手のＨＰを削っていた継人だが、

ＭＰ：429／429（－《マイナス》51）（＋《プラス》10）

「……まあ、そうくるよな」

サイクロプスとて黙って攻撃を受け続けるほど馬鹿ではない。

岩の隙間に体が入らないなら、別の場所から通り抜ければ良いのだ。

サイクロプスは立ち塞がる大岩に手をかけると、その岩を登り始めた。

大岩は、継人がこの階層で見つけた岩の中でも一、二を争う大きさを誇る。とはいえ、その高さはせいぜい四メートル強といったところだ。この通路の天井は十メートルを超えている。必然、岩の上はガラ空きだった。

「いや、そうくるしかないが正しいか。うん、やっぱそうだよな」

岩の上から顔を出したサイクロプスと視線を絡ませながら、継人はニヤリと満足げに笑った。そして、すぐさま魔眼への魔力供給を止めると、またサイクロプスに背中を向けて走り出した。

遠のく継人の背中に慌てたのか、サイクロプスは急いで岩上に足をかけると、先ほどまで継人が立っていた場所に飛び降りた。

「……さてさて、こっからが本番だ」

背後に巨人が着地する派手な音が響くのを聞きながら、継人は通路を駆けていった。

逃走と追跡。

行われていること自体は先ほどまでと何も変わらないが、その中身には大きな変化があった。

必死に逃げる継人を猛追する巨人、といったこれまでの構図から、余裕をもって逃げる継人を四苦八苦しながら追いすがる巨人、という風に。

そうなるのも当然だった。なにせこの通路は継人にだけ都合が良いように出来ているのだから。

継人が作り替えた通路には、道幅を狭めるように左右の壁際に岩が並べられていた。先ほどの四メートル級の大岩ほどではないが、サイクロプスの膝、あるいは腰に届くレベルの岩の数々は、容易に巨体の動きを制限し、その行く手を阻んだ。

対する継人は正反対の状況である。

通路の左側を塞いだ岩と、右側を塞いだ岩の〝間〟——つまり通路中央には、人ひとりなら楽に通り抜けられるだけのスペースが確保されていた。数多く転がっていたはずの、石ころまでもが丁寧に片付けられたその道は、進むうえで足を踏み外す心配もない。

自分のためだけにある、自分しか通れない道を、継人は悠々と走っていた。

「やっぱ、全力で走ったらすぐだな」

継人の眼前にＹ字路が迫ってきた。左の道を進めば宝箱があった広間方面、右に進めばゴミ穴が通じている広間方面へと続く。

継人は走りながら左の通路にジッと視線をやっていたが、いざ進んだのは右の通路だった。もちろん、右に曲がることは事前に決めていたことである。

右の通路に入って数秒――継人は急ブレーキをかけると、背後を振り返った。同時に【魔力操作】を開始すると、遅れて角から姿を現したサイクロプスに、自分はこちらだと教えるように【呪殺の魔眼】をぶつけた。

サイクロプスとてそんなことは教えられるまでもない。右の通路に踏み入ると邪魔な岩を避け、あるいは蹴散らしながら継人を追う。

「クソが、なに道塞いでくれてんだよ……！」

サイクロプスが動かした岩が崩れ、通路中央に用意されたスペースが一部塞がったのを見て、継人が文句を言う。塞がったのはすでに通りすぎた場所だが、だからそこなら塞がってもいいというわけではない。なぜなら継人はもう一度、いや、もう何度かその場所を通るつもりだからだ。

それが継人の作戦だった。三角形を描くように一周した通路をグルグルと逃げ続けるのだ。【呪殺の魔眼】で相手のＨＰを削り切るまで何周でも――。

ＭＰ：４１７／４１７（－《マイナス》63）（＋《プラス》10）

サイクロプスのシルエットが大きくなってきたのを見て、継人は魔眼を解除、また走り出す。

彼我の距離はまだ二十メートル以上あったが、継人はそれ以上の接近を嫌った。

それからも問題なく距離を保ち、少しずつＨＰを削り続けた。いちいち立ち止まりつつなので、本当に少しずつではあったが、まったく危なげなく事は進む。

そして、その状態を保ったまま、継人は次の分岐に行き当たった。

この分岐は作戦上重要な地点ではあったが——今はまだ関係ない。継人は右の通路にはチラリと視線をやっただけで、そのまま左に曲がった。

曲がった先の通路も、やはり継人のみが進みやすいように整備されている。

継人は通路に入り、しばらく走ると、もはや慣れつつある一連の作業を開始した。つまり、足を止めて、魔力を操作し、魔眼で攻撃し、そしてまた逃げるのだ。

(順調だな。この分だと、三周もあればいけるか……？)

準備万端、構えながら、角から巨人が見えるのを待つ。

まもなく、派手な足音とともに、ぬぅ、と通路の角から巨人が姿を現した。

待ち構えていた継人の魔眼と、ギョロリと血走った巨人の単眼が交差する。

そして——

「……ッ⁉」

継人は【魔力操作】を即座に止めて、自分の右手にあった岩の陰に飛び込んだ。

それは一言でいえば「勘」だった。

勘といえばいい加減な言葉に聞こえるが、勘というものを見くびってはいけない。勘は説明できないものだからこそ勘なのだが、言葉にできないというだけで、決してあてずっぽうというわけではないのだ。

人間の記憶の中をたゆたう小さな理の欠片を、自身の経験が結び付け、儚《はかな》くも脆く形作られた予測——それが「勘」なのだ。

そしてこのとき、継人の勘は正しかった。地面を覆う十センチばかりの水の上に倒れ込み、服と下着をびしょ濡れにしたかいが確かにあった。

継人の視線の先、岩陰に入り損ねた彼の脚には、見えない何かに上から押し潰されるような圧力が加わっていた。その圧力が確かに存在する証拠として、彼の脚の周りの水面もまた、見えない何かに押し潰されたように、へこんで穴が空き、地面の白い岩肌が剝き出しになっていた。

「ぐっ……あぁ……！」

重くて上がらなくなった脚を手で引っぱり、無理矢理岩陰まで引きずり込む。

すると、脚が岩陰に隠れた瞬間、これまで脚にのしかかっていた圧力が嘘のように消え去った。

やはり――と継人は確信した。

これはサイクロプスの攻撃である。

それもただの攻撃ではない。

それは――

「――魔眼かッ！」

継人が攻撃を察知できた理由は数あれど、一番大きな要因は彼が『同種』であったことだ。サイクロプスと目が合った瞬間、その単眼から自分と同じ、つまり【呪殺の魔眼】で攻撃しようとしている自分と同じ空気、同じ気配を感じ取ったのだ。

「冗談じゃねえぞ……！」

思わずこぼすが、そんな場合ではない。こんなところに、いつまでも寝転がっているわけにはいかない。

継人は立ち上がると、岩肌にしっかりと指をかけて体重を支える。そして、岩陰からスッと顔だけを出した。瞬間――ガクンと頭が落ちる。岩陰から出て、サイクロプスの視界に入った継人の頭に、見えない力がのしかかった。

「ぐっ……！」

まるで、頭がまるごと鉄球にでもなってしまったかのようだ。筋力値が上昇した継人だから耐えられるが、そうでなければ首が折れてもおかしくない。

継人はそのままサイクロプスを睨む。

サイクロプスも血走る単眼で継人を睨んでいた。

（やっぱり魔眼か、その類いのなにか。とにかく視覚を利用した攻撃なのは間違いない……！）

ルーリエが「魔眼は見ただけで攻撃できる凄いスキル」と興奮ぎみに語っていたが、その意味がよく分かった。確かに凄いスキルだ。こんな馬鹿げた力は反則以外の何物でもない。そして、さらに悪いことに――

ズドンッ！　と障害物を薙《な》ぎ倒《たお》す音。

ドシャンッ！　と水溜まりを踏みつける荒々しい足音。

そう。サイクロプスは動いていた。今も継人を魔眼で押さえつけながら、その歩みを止めていない。

「……なんで【魔力操作】しながら、んな動けんだよ……。ふざけるなッ……！」

それはモンスターの特性か。あるいは【魔力操作】のスキルレベルが継人を上回るからなのか。どちらなのかは分からないが、サイクロプスが魔眼を使いながら動けるという事実は変わらない。

最悪だ。最悪だった。もしサイクロプスも魔眼を使う際に足が止まるのなら、魔眼を撃ち合うという選択肢もあった。サイクロプスの魔眼の重圧に耐えながら、【呪殺の魔眼】で攻撃する。それなら最低限勝負にはなった。

だが、相手だけが一方的に動けるのでは話にならない。サイクロプスの魔眼を全身に喰らえば、継人はほとんど身動きがとれなくなるだろう。そうなったときどうなるのかは、あえて言うまでもない。

継人は決断しなければならなかった。彼の策はすでに破綻が始まっていた。

（相手の魔眼を躱しながら、こっちの魔眼だけを当てて、なおかつ距離を詰められないように逃げ続ける、か。…………ハッ、無理すぎて笑うわ）

MP：366／366（－《マイナス》114）（＋《プラス》10）

たった114。ルーリエ半人前だ。物足りない。圧倒的に物足りないが――

ここまでだ。

「お前の勝ちだよサイクロプス。…………ここはな」

継人はもう一度岩陰に退避し、サイクロプスの魔眼から逃れると、腰に手を回し小さな袋を取り出した。その袋から中の硬貨を全て取り出すと、おもむろに通路中央に向かって全財産を投げ捨てた。

「……頼むぞ」

ちゃぷん、と小さな水音を立て沈んでいく硬貨を見て一つ呟くと、継人は僅かの助走を取り、今いる岩陰から通路の逆側にある岩陰へと飛び込んだ。

一瞬だけサイクロプスの視線にさらされた体に負荷がかかるが、コンマ数秒のことだ。反対側の岩陰に身が隠れると同時に、負荷から解放される。

継人は、ふぅ、と一つ息をつくと、今度はまた反対側――斜め前方にある岩陰に向けて走り、飛び込んだ。そしてそこからまた反対側に、やはり目標は斜め前方の岩陰。

そのたびに継人の体をサイクロプスの魔眼が襲うが、歯を食いしばって耐える。

「なんとか……、耐えられ……るなッ……！」

継人は走った。岩陰から岩陰へと。もう振り返ることもせず、そのつもりもない。

魔眼でちまちまと削る時間は終わった。

ここからは距離をとるためではなく終わらせるために、継人はその場所に向かって走り出した。

第三十一話　罠

サイクロプスの行く手を遮るために、この通路の左右に並べられた岩は、噛み合うジッパーのように互い違いに配置されていた。

なぜ岩がそんな配置になっているのかというと、これは遠距離攻撃対策なのである。

継人が最初にサイクロプスを見た際に、サイクロプスが遠距離攻撃と思わしき魔法のような力を使うのを確認していた。力の正体が魔眼であるとは、そのときは思いもしなかったが、実際に力の余波である小さな津波に呑まれることになったのだから、対策を忘れようはずもない。

そして、その対策のおかげで、継人はまだギリギリ生きていた。

互い違いに並べられた岩の陰から陰へ。まるで、雷の軌跡を描くようにジグザグと通路を駆け抜ける。

後ろを振り返る余裕はない。振り返る理由もない。そして、振り返るまでもないのだ。

岩と岩がぶつかる派手な音が耳に刺さる。肉を擦るような不気味な音が耳に纏わりつく。後ろを振り返るまでもなく、そこにいるのは分かっている。

継人は必死に走っている。全力で走っている。魔眼を使おうなどという色気は微塵《みじん》もない。だが、それでもサイクロプスをまったく引き離せない。むしろ、距離を詰められてさえいた。

「ぐッ――――！」

そして、岩陰から岩陰への移動の一瞬にもらう魔眼の一撃。その威力が徐々に上がってきているような気がする。

(……まさか距離が近づくほど威力が上がる……とかじゃないよな?)

分からない。しかし、わざと相手に近づいて確かめる気になどなるはずがない。

ならば、サイクロプスから離れて威力が下がるのかを確かめるしかないが、今それができないから苦労しているのだ。

今までのように、用意してあった道を悠々走っていたときとはわけが違う。

通路を右に左にと、わざわざ遠回りしているのだから、相手を引き離せないのは当然だった。

しかし、それでも継人は進んでいた。引き離せなくとも脚は前に出ていた。

故に——次の分岐が見えてくるのは当然の成り行きだった。

継人の顔に喜色が浮かぶ。

ここはまだ目標の地点ではないが、それでもありがたい。今はこの切迫した状況を少しでも緩和したい。そのために必要なのは、ほんの少しの余裕である。

右に進めば宝箱があった広間だが、そちらには用はない。進むのは左。

継人は迷いなく岩陰から飛び出し——

ズンッ! と体が重くなる——が、歯を食いしばって一歩。

体中の血管が破裂するような負荷に耐えながら、もう一歩。

そして——最後には文字どおりに通路の中に転がり込んだ。

瞬間、サイクロプスの視線が途切れ、継人を襲っていた重圧が嘘のように消え去る。

これが待ち望んだ余裕。ほんの僅かな猶予。時間にして僅か数秒。しかし、その数秒は砂漠の水の如く得難いものだ。

継人は頭から転がった勢いを殺さず起き上がると、そのまま走り出す。

脇目も振らない。何も考えない。今は走る。走る。走る。走る。ただ走る。懸命に振っていた腕が左の岩に擦れ、血が噴き出すが、知ったことかと無視して走る。そして――

サイクロプスが通路を曲がったときには、継人はすでに五十メートルも先を走っていた。

継人の走る背中を即座に魔眼が襲うが、踏ん張って岩陰に飛び込む。そして、またジグザグと岩陰を弾除《たまよ》けに進み出した。

先ほどまでと同様に、継人が通路中央のスペースを横切るたびに、魔眼の圧力が彼を襲うが――

(………間違いない、威力が下がってる。……やっぱり距離が関係あるみたいだな)

肉も骨もまるごと押し潰すような圧力だったのが、今はせいぜい百キロ程度の負荷といったところ。ステータスが上がった継人なら、軽くはなくても耐えられないほどではない。

魔眼の威力低下のおかげで、継人の足は順調に前へと進んだ。相手を引き離せるほどではないが、もう距離を詰められることもなかった。

これまでとは違い、魔眼を使いながら追いかけてもまったく縮まらない差に、サイクロプスの精神が苛立つように僅かに揺らめいたが、その微かなさざ波はすぐに消え去った。

それはこの巨人の精神が擦り切れてしまっているから、というだけではない。彼の精神が動かなくなってすでに久しいが、それでも彼の頭脳が働いていないわけではないのだ。その証拠に彼は理解していた。理解していたからこそ、それは苛立つほどのことでもなかったのだ。

まもなく見えてきた分かれ道。そこは、この戦いが始まって最初に行き当たった分岐点だった。

そう戻ってきたのだ。二人は三角形を一周して、また同じ場所に戻ってきていた。

サイクロプスが往年の彼ならば、この瞬間に不気味な笑みの一つでも浮かべただろう。

もう彼は確信しているのだ。戦いの終わりが見えていた。

この分岐を右に進めば、その先は元々サイクロプスがいた広間。言うまでもなく行き止まりである。こちらに継人が進んだ時点で決着はついたも同然だろう。

ならば左に進めばどうだろうか。今までのように通路の岩を利用して、継人は逃げ続けられるのではないか？

サイクロプスは確信していた。そうはならないと理解していた。

なぜなら、その道は一度自分が通った道だからだ。すでに邪魔な岩は蹴散らし、押し除《の》け、完全ではないにせよ、多少なりとも進みやすくなっているのだ。

逆に、継人が頼りにしている岩陰などは、もはやどれほども残ってはいないだろう。彼が走り抜けるために確保されたスペースも、めちゃくちゃになっているはずだ。

今まで、継人に有利な通路でさえ互いの足は拮抗《きっこう》していた。その有利な通路が失われてしまったら、継人が逃げ切れなくなるのは当たり前の道理だ。

故に、サイクロプスは継人が左に曲がるのを悠然と見送った。

その後を、もはや余裕すら感じさせる足運びで追い――、角を曲がり――、顔を上げた。そして――

そこに、継人はいなかった。

今度こそサイクロプスの精神が震えた。

馬鹿な――！　と目を凝らすと、はるか前方、もはや見失いかねないほど先に継人の小さな影を捉えた。

どうしてそんなに先を走っているのか、疑問に思うまでもなかった。答えは目の前にあった。

サイクロプスが破壊したはずの通路が元に戻っているのだ。今、彼が触れている岩などは、確かにその手で引き倒した記憶があるのに、まるでそんな事実はなかったかのように岩は起き上がり、また彼の行く手を遮っていた。

（いい仕事したな、ルーリエ）

継人は通路を走り、汗を拭いながら笑みをこぼす。

からくりは簡単だ。はじめに継人がサイクロプスを伴い、Y字路を右に曲がったとき、ルーリエは左の通路の中に潜んでいたのだ。そして、サイクロプスが通り過ぎると、その後を追いながら通路を元の状態に戻していたのだ。

おかげでサイクロプスは遥か後方。

随分と余裕ができたようにも思えるが、実はそうでもない。

継人は、ここまでの道のりでほぼ全力疾走を続けてきた。レベルアップで強化された彼といえども、限界は確実に迫りつつあった。

「はあっ……はあっ……はあっ……！」

それでも継人は脚を緩めない。目的の場所はすぐそこなのだ。ここまで来て油断などありえなかった。

確実にやりきる、その一念で見せた継人の走りは、結論から言えば正しかった。

それは後方から聞こえた。

唸り声だ。くぐもったような低い声が、通路に反響して継人の耳にまで届いた。

たぶんに怒りを含んでいることを容易に感じ取れるほどの圧力をもった声だった。

その圧力に、思わず後ろを振り返った継人は見た――。

サイクロプスが飛んでいた。いや、違う。飛び跳ねるように進んでいるのだ。まるで猿のように四足になって、妨害する岩を足掛かりにして、大半の岩を飛び越しながら進んでいた。

それはあまりにも無茶な移動法だった。この通路に巨人の足の踏み場などない。足元の岩を飛び越えても、着地する場所にある岩を必ず踏んでしまうのだ。そして、その岩は都合良く巨人の体重を支えてくれたりはしない。必然、サイクロプスは何度も転倒し、そのたびに痩せ細った体を岩に擦りつけて削《そ》ぎ落とし、全身が青い血液に塗《まみ》れていた。

だが、そんな無茶苦茶な移動法であっても、一つ間違いない事実がある。

それは、これまでの追跡速度よりも、はるかに速いということだ。

両者の距離が見る間に縮まっていく。

しかし、継人が脚を緩めなかったことが幸いした。

この通路に入ってから、互いの距離が遠すぎたせいか、魔眼による妨害はなく、おかげでただまっすぐ走ることができた継人が、通路を走破するほうが早かった。

目の前には分岐点。そして、この分岐こそ――……

「はあっ、はあっ……、よしっ……！」

正真正銘、最後の分岐点である。

継人が視線を向けた先は地面。そこには数枚の硬貨が散らばっていた。それは、この分岐を左に少し進んだ先で、継人が地面に投げ捨てたものだった。

投げ捨てた硬貨はルーリエへの合図。最後の策が実行される合図だった。

その硬貨が回収され、ここに撒き直されているのは、ルーリエが合図を間違いなく受け取ったという証《あかし》だった。

故に、継人が選択した道は左ではなく――右。

ゴミ穴が繋がる、継人が最初に落ちてきた、あの広間への道だ。

そんな袋小路に入り込んでいく継人の姿に、サイクロプスは違和感を覚えたが、彼の中で暴れる本能と、目覚めつつある震える精神が、その違和感を無視させた。

サイクロプスは警戒することもなく右の通路に踏み入り、継人の背中を追う。そして追いつけぬまでもグングンと距離を縮め、やがて見えてきた終着点。通路の終わり。継人の背中に追いつくよりも、そこにたどり着くほうが僅かに早かった。

そこに待っていたものはやはり岩だった。

それも特大の大岩。

今日見た中でも最大――いや、最初にサイクロプスの前に立ち塞がった四メートル級の大岩と同等の大きさを兼ね備えた、そんな巨大な岩が広間の入口を閉ざすように鎮座していた。

継人は大岩の元にたどり着くなり、荒い呼吸音を響かせながら、岩と通路の間、僅か三十センチほどの隙間に体を滑り込ませ、その先の広間へと逃げ込んでいった。

必死な継人の姿にサイクロプスは嗤う。

そんなところに逃げ込んでどうしようというのか。この先は、広間まるごと水没した青い魚の巣窟。巨軀《きょく》を誇る自分でさえ水底に足がつかないそんな場所。自分に遊び殺されるくらいなら、潔く魚の餌になったほうがマシだとでも考えたのだろうか。

サイクロプスは嘲笑しながら眼前の大岩を見る。

この岩とて自分にとっては壁にすらなりえない。

そんなことも分からないとは、憐《あわ》れ、憐れ、あまりに憐れで滑稽な小さき生き物。

もはや、完全に目覚めつつある巨人は嗤いながら大岩に手をかけた。

もし彼がもっと慎重だったなら、あるいはその違和感に気づけたかもしれない。だが彼は気づかなかった。いや、たとえ気づいたとしても彼はそうしただろう。なぜなら彼は強者だからだ。小さき弱者の小細工など、全て踏み潰してこその強者なのだ。

絶対強者である巨人は、ついに大岩の上にまで足をかけ、その上に立ち、岩の向こう――広間の内部を見下ろした。

眼下の景色は奇妙なものだった。

そこは本来なら水面であってしかるべきなのに、岩で埋め立てられたとおぼしき地面があり、その地面に膝をついた継人が、巨岩の上のサイクロプスを見上げながら荒い呼吸を繰り返していた。

そして、その隣に立つ小さな子供――ルーリエだ。ルーリエはサイクロプスが乗る大岩に右手を伸ばし、その岩肌にぺたりと手のひらをつけていた。

そんな彼女の親指には金色に輝く指輪がつけられ、親指でもサイズが合わないのか、革紐でぐるぐる巻きに固定されていた。

継人は予想どおりそこに現れたサイクロプスを見て嗤い――そして、

「じゃあな」

その一言が合図だったかのように、それは起きた。

消えたのだ。

サイクロプスが乗っていた岩が。山と見まごうほどの大岩が。

霞《かすみ》のように。

幻のように。

夢のように。

ふっ、と消えてしまった。

瞬間、サイクロプスは空中に投げ出され――消えた足元よりも、そのさらに下に目を向けて驚愕した。

それは言うなれば生《い》け簀《す》だった。

水没したフロアを、岩で埋め立てて出来た壁で仕切った生け簀。継人たちがいるのはその生け簀の仕切りの上だったのだ。

そして、それが生け簀というからには、その中には当然のように魚が泳いでいた。

ブルーキラーフィッシュ。

あの凶暴で獰猛《どうもう》な魚どもが、夥《おびただ》しいを通り越して、もはや悍《おぞ》ましいと表現すべき数で、その水面下に蠢いていた。

「————————ッ!!」


このときになってようやく、本当に何年かぶりにサイクロプスの精神は完全に目覚めた。

いや、目覚めてしまったと言うべきだろう。

まだ眠ったままだったなら、これから味わう恐怖も、苦痛も、自覚せずに済んだのだから。

生け簀に餌が落ちる派手な水音が響くのとほぼ同時——

突き出したままだったルーリエの手の前に——消えたときと同じように、消えたことなど嘘だったかのように——ふっ、と巨大な岩が再び現れた。

「ごぉぼぼがばあああぁッッ……!!」

蓋をされた生け簀の中に、巨人のくぐもった悲鳴が響き渡った。

第三十二話　最善

「罠って言えば、落とし穴だろ」

「む、ふつう」

サイクロプス戦で使える罠について話す継人の言葉に、ルーリエは周囲に転がる岩をおもしろそうに指輪に出し入れしながら答えた。

ルーリエが遊んでいる『宝物庫の金貨の指輪＋《プラス》2』という装備は、実際に使用してみると、とんでもない代物だった。この指輪に付いた【アイテムボックス】というスキルがその最たる理由だ。

このスキルは手が――というより、指輪が触れている物体をどこか別の空間に収納できるというものだった。別空間に収納された物体は、ステータスウィンドウのようなものでリスト化され、取り出す際も意思一つで実行できる。ただし制限も存在し、アイテムを取り出す際は指輪が触れる位置にしかアイテムは出せず、さらに水や空気以外――つまり固体に重なるようにアイテムを取り出すこともできなかった。

「ここまで落とし穴に落ちてやってきたせいか、それしか思い浮かばん。でもまあ、ぶっちゃけ素人でも作れる罠なんて落とし穴ぐらいだろ」

「……でも、ほれない」

ルーリエがスコップを地面に当てると、ガキンッと硬質な手応えが返ってくる。

この階層を形作る岩は、一階層の土混じりのそれとは違い、かなりの硬度を誇っていた。

「なにも掘るだけが穴の作り方じゃないだろ？　その指輪——アイテムボックスを使えばいい」

そう言って、継人が視線を向けたのはゴミ穴の底——水没した広間の水面だ。

「む？」

「この広間はだいたい水深五、六メートルぐらいある。つまりあの巨人でも沈む深さだ。ここに巨人一体が収まるスペースを残して、その周りを集めた岩でぐるりと埋め立てて囲んでやれば——落とし穴の完成だ。しかもこの落とし穴なら、はじめから中に水が張られていることになる。うまく落として閉じ込められれば、これだけで相手は溺れ死ぬかもしれない」

「て、てんさいかもっ……」

「まあ待て。まだ終わりじゃない」

継人は興奮した様子のルーリエをピッと手で制すると、通路の端に立ち、誤って広間に転落しないように注意しながら、水面をバシャバシャと踏み鳴らし始めた。

くりん、と首を傾げつつルーリエがしばらく見守っていると、水面から魚——ブルーキラーフィッシュが飛び出し、継人に襲いかかった。

継人がその襲撃をひょいと軽く躱すと、ブルーキラーフィッシュは水深十センチの通路に落下し、ピチピチと跳ねた。

「ほら、この魚凶暴だけどアホだから簡単に捕まえられる。こいつらを乱獲して落とし穴に入れといてやれば——、溺れて死ぬか。喰われて死ぬか。凶悪な罠になるだろうよ」

＊

こうして出来上がった罠の上。フロアを埋め立てて出来た落とし穴のふちにあたる岩壁の上で、継人とルーリエの二人は息を呑んで状況を見守っていた。

サイクロプスがもがいているせいだろう。穴の蓋にあたる大岩の下の隙間からは、青い血液で染まった水が溢れ、二人の足元からは鈍い振動が伝わってくる。

継人は何もできずにただ待つだけだが、ルーリエは耳をぴくぴくと動かし、【聴覚探知】でサイクロプスの動きを探っていた。

「ルーリエ。サイクロプスが動かなくなったら岩を消してくれ。外への扉ってのがどんなものかは知らないけど、すぐ探さないと消えたりするかもしれん」

ルーリエは継人の言葉に頷きながらも、両の耳を忙《せわ》しなく動かす。

彼女の聴覚は急激に弱っていくサイクロプスを捉えていた。もはや肺に空気も残っていないのか、苦鳴すら聞こえない。もがく動きも緩慢になり、二人の足元に響く岩壁を押し潰そうとする揺れにも力がない。

徐々に水中を支配するのが、肉食魚が蠢く音と、彼らが肉を咀嚼する音だけになりつつあった。

戦いの決着は、もうそこまで迫っていた。

まず言っておかなければならないのは、継人は最善を尽くしたということだ。

岩と水しかないような場所でこれだけの罠を作り出し、より確実に相手を仕留めるために魔眼を活かした戦術を組み合わせ、完全に思いどおりに事が運んだとは言い難いが、それでも彼は成し遂げた。

そう、彼は間違いなく完遂したのだ。

もう一度言おう。継人は最善を尽くした。

だから、継人に悪いところがあったとするのなら、それはもう運が悪かったとしか言いようがない。


最初に気づいたのはルーリエだった。

ブルーキラーフィッシュが蠢く音に支配されつつあった水中に、突如、異音が混ざったのだ。

硬いなにかが擦れるような、ぶつかるような、そんな音だった。

遅れて継人も気づいた。

足元から謎の小さな光の粒子が立ちのぼり始めたのだ。

なんだ？　と思っていると、ふらりと後ろに倒れそうになった。別に彼が眩暈を起こしたわけではない。

傾いたのだ。

足元の岩壁が。

積み上げた岩壁が。

生け簀を仕切る壁が。

「――――は？」

と思ったときにはもう遅い。

岩壁は傾き、そして――――崩れた。

一瞬の浮遊感に背筋が冷えるのと同時に継人は水中に投げ出された。

突然の状況にあっても、彼には考えている暇も、冷静になっている暇も、そして、混乱している暇さえなかった。

落とし穴の蓋が、生け簀の蓋が、この階層にあった最大級の大岩が、岩壁が崩れたことで足場を失い、倒れ込むように継人目掛けて降ってきたのだ。

「――――ッ！」

岩の下敷きになる己の姿を幻視し、思わず身を固くした継人だったが、傍らに同じく水中に投げ出されたルーリエを発見したことで気を持ち直した。咄嗟にルーリエに手を伸ばし、脇に抱える。

（泳いで躱すのは無理だ。せめて底に足さえつけば――）

刹那の間で考えながら視線を水底に落とす。

（駄目だ、遠い。――間に合わないッ！）

万事休すと歯を食いしばる継人をよそに、脇に抱えられたルーリエは冷静だった。

彼女は危機感すら感じさせないボンヤリとした半眼で、降ってくる大岩をまっすぐに見上げると、その小さな手を目一杯伸ばし、岩肌に触れ、
大岩を収納した。

（――なっ⁉　……そうか、アイテムボックスか！　うおおおっ、最高だルーリエ！　外に出たら野菜を死ぬほど食わせてやるからなっ！）

継人が相棒を内心絶賛するが、事態は続いている。

大岩がアイテムボックス内に収納されたことにより、水中に大岩の体積をもつ真空が生まれ、それを周りの水が埋め始めたことで、そこに複雑な水流が発生した。

継人は水流に呑まれながらも、ルーリエが流されないように抱きしめ、耐える。そして、きりもみ状態をやっと脱したところで、その景色が彼の視界に飛び込んできた。

それは苦労して水中に積み上げた岩壁が無残に崩れ去り、そこから光の粒子が立ちのぼる、幻想的ともいえる光景だった。光の粒子は岩壁を形成する岩が分解されるようにして発生していた。

崩れるに決まっていた。

今この瞬間も、岩壁の一部である岩の一つ一つが、光の粒子となって消え続けているのだ。崩れないはずがなかった。

誰が予想できただろう。

少なくとも継人には想像もつかなかった。

今起きているこの現象は『ダンジョンの復元』である。

一階層で採掘人が掘った壁が直るのと同じ現象。

ゴミ穴の蓋が塞がり、罠として何度でも機能し続けることと同様。

どれだけ破壊しても一日ほどで元に戻るという、ダンジョンが持つ不可思議な機能。

罠を作り始めてからおよそ一日。その復元機能が、今この場で動き出してしまったのだ。

継人を責めることはできない。それは言うなれば認識の違いだ。

この階層に数多く転がる岩自体がダンジョンの一部であり、その岩の移動がダンジョンの破壊に該当するなど、誰が分かるというのか。

不運という他ない。

例えば、あと数分作戦の決行が早ければ、例えば、あとほんの少し相手のHPを削り取ることができていれば、例えば、逆に魔眼の使用を考慮せずにまっすぐ落とし穴に向かっていれば、まったく違う結末が待っていたことだろう。

だが神の悪戯《いたずら》か、悪魔の嫌がらせか、結果そうはならなかった。

故に。

立ちのぼる光の粒子の向こう。

水中にたゆたう青い煙の奥から、そいつは姿を現した。

全身を肉食魚に食い荒らされ、肋骨がほとんど剝き出しになっていた。左腕はすでに失い、一部内臓まで見えている様は、生きていることが信じられないほどに凄惨な姿だ。しかし、姿とは対照的に、その単眼はギラギラと危険な輝きを放っていた。

目は口ほどにものを言う。その言葉どおりだった。

弱者の小細工に殺されかけ、無様に悲鳴まであげさせられ、彼の王として、強者としてのプライドは、ズタズタに引き裂かれていた。

サイクロプスの目が継人に向かってこう言っていた。

——必ず殺す。

第三十三話　奇跡

第二ラウンド開幕の一撃は巨人のアッパー。

いや、これはそんなにきれいなものではない。ただ下から殴ったといった風情だ。

ここは水中。避けられるはずもない。だが、継人が即死しなかった理由もまた、ここが水中だったからだ。

ルーリエを右腕の中に庇い、残った左腕をもって水の抵抗で威力が減衰したその一撃を防いだが、盾にした左腕は容易に砕け、その下にある肋骨も砕け、継人は嘘のように吹き飛んだ。

殴られた勢いのまま水面から飛び出し、まるで水切りの石のように水面を転がる。

「……………………ッ‼」

何度もバウンドし、叩きつけられ、その勢いがやっと止まったのは広間中央。ゴミ穴の出口が真上に望める位置まで飛ばされてからだった。

慣性から解放されるなり継人は沈み出す。衝撃で気絶していたのだ。気を失っても離さなかった右腕の中のルーリエが、沈む継人を支えようとしたが、小さな体で立ち泳ぎしながらでは無理がある。どうしようかと迷った末に、ルーリエはおもむろに右手を真下――水中に向けると、先ほど収納したばかりの大岩をアイテムボックスから取り出した。

周りの水を押しのけながら現れた大岩を足場に、ルーリエは継人を抱える。

岩のサイズは四メートル強、水の深さは五メートル強だ。上に乗れば、小さなルーリエでもなんとか水面から顔が出る。

「ツグト」

ぺしぺし、とルーリエは継人の頬を叩く。

「たいへん、はやくおきてほしい」

ぺしぺしぺしぺし、とさらに叩いた。

「むむむむむ」

ぺしぺしぺしぺしぺしぺし。

「…………いったい何事だよ」

やっと目を覚ました継人が、自分の頬を叩くルーリエの顔を寝ぼけまなこで見上げ――そのルーリエの背後の水面からサイクロプスの顔が浮かんできたのが視界に入るなり――飛び起きた。

咄嗟にルーリエを右手で押しのける、と同時――

ズンッと馴染みのある重圧が継人を襲う。もはや慣れ親しんだ攻撃だったが、これまでとは距離が違う。通路で魔眼を喰らったときは一番近くても十メートル程度は離れていたはずだ。それが今は文字どおり『眼』の前。距離で威力が増減するサイクロプスの魔眼が、もっとも威力を発揮する間合いだった。

肺が潰されているせいか声も出ない。全身が重いというよりは、もはや破裂しそうだと表現したほうが実態に近いだろう。風船を踏みつけると圧力に耐え切れずにパンッと破裂するように、継人の体もその寸前まで追い込まれていた。

声なく呻く継人に魔眼を向けたまま、サイクロプスは自らも大岩にのぼると、苦しむ彼の前に悠然と立ち上がった。

岩上の舞台。堂々仁王立ちするサイクロプスと、重圧に耐え切れず膝をつく継人。それはさながら王の前に跪《ひざまず》く臣下のようだった。

あるいはそれも間違っていないのかもしれない。両者の間に立ち塞がるあまりに隔絶した戦力差。僅か二手、サイクロプスが自由に動いただけで、継人は為す術なく瀕死に追い込まれたのだ。これが王の力だと言われたら、弱者は跪いて肯定するより他に道はない。

罠でしとめることを失敗した時点で、現状はすでに詰んでいると言うしかなかった。

「…………ッ」

ついには血管が破裂し、血の涙を流し始めた継人。魔眼の重圧によって彼の周りだけ水が押しつけられ、剝き出しになった岩肌に膝をつき、必死に耐えているがそれだけだ。抵抗どころか指一本動かせない。もうこのまま押し潰されるのは時間の問題。その事実を受け入れるしかなかった。

継人の心に初めて諦めがよぎった。

だが――

サイクロプスの脚にスコップがめり込む。

ルーリエは何一つ諦めてはいなかった。

両者の間に割り込んだルーリエが【アイテムボックス】から取り出したスコップを振るう。振るう。振るい続ける。

「――――」

勇気づけられた、と言えばチープに聞こえるが、それでも水面から顔しか出ないような小さな体で、巨人目掛けてスコップを振り下ろす相棒の姿に、何もしないまま終わるのは格好悪いと継人は思ったのだ。

とはいえ、彼は手も足も動かせない。ではどうするか。

彼にはあった。手が出ずとも、足が出ずとも、できることが一つだけあった。

継人は血の涙が流れる両の眼でサイクロプスを睨みつけ——

——【呪殺の魔眼】を発動した。

サイクロプスの全身に悪寒が走り、怖気が立つ。

往年の精神を完全に取り戻しているサイクロプスは、自身を襲うその感覚が恐怖であることを今度こそ自覚できた。そして、自覚できてしまったからには、もう彼には耐えられない。

憎き敵が魔眼の重さで潰れて死ぬ様を愉しもうかと考えていたが、もはや待てない。

サイクロプスは右足を上げた。なぜか。言うまでもない。継人を踏み潰すために決まっている。

巨人の意図を察したルーリエがさらに激しく軸足を叩くが、そんなもの意にも介さない。

継人は睨む。その足が踏み下ろされれば死ぬことは分かっているが、分かっていたところで何ができるわけでもない。できることは睨むことだけだ。だから継人は眼を逸らさず睨み続け——

——なればこそ、その奇跡を目撃した。

まずルーリエの一撃だった。彼女の一撃が、きれいに巨人の軸足——その膝裏に命中した。

彼女にとってはまさに会心の一撃。相当な威力をもってスコップは巨人の膝裏を叩いた。

とはいえ相手は四メートルを超える怪物。その一撃でも巨人を止めるには一歩足りない。結局はこのまま継人は踏み潰される――はずだった。

信じられないことが起きた。

人間が降ってきたのだ。

それも見知った人間。

いや、正確には人間だったものと言うべきだ。

人間の――ダナルートの死体がゴミ穴から降ってきたのだ。

理由は分からない。採掘人か冒険者の誰かが、ゴミ穴に彼の死体を遺棄したのだろうか。だとすれば、この世界には墓という概念はないのか。それとも彼のようなならず者相手にその手間を惜しんだのか。

ともあれ、ダナルートの死体はゴミ穴の出口から現れ――その真下にいるサイクロプスの元へとまっすぐに向かい――

彼が死してなお握っていた剣が、
継人の血が固まって汚れた剣が、
一人の少年がその半生を捧《ささ》げた剣が、
ダナルートの体重と重力落下の力を借りて――

吸い込まれるようにサイクロプスの肩に突き立った。

深く、深く、まるで無念を晴らすかのように――深く、突き立った。

そこで、やっと満足したようにダナルートの手が剣から離れ、彼の死体は弾かれるように水面に落下し、二度と浮かんでは来なかった。

これは誰の元に訪れた奇跡なのか。

必死に足掻《あが》いた継人たちが呼び込んだ奇跡なのか。

あるいは、死したダナルートの無念が起こした奇跡だったのか。

答えは分からない。だが、そのダナルートの剣撃は、ルーリエの一撃では足りなかった一歩を埋めるには充分な威力をもっていた。

膝裏と肩をほぼ同時に打たれたサイクロプスは、片足を上げた姿勢のまま軸足の膝からカクッと崩れ、そのまま尻餅をつき、それでも勢いは止まらず、背中から倒れ込む。

混乱しながらも、倒れまいと自身を支えるように右腕を後ろに伸ばした巨人の反応は見事ではあったが、それが逆に悪手となった。巨人が右腕を伸ばした場所はすでに大岩の舞台の上から外れていた。つまりそこはただの水面であり、水に手をついて体重を支えることなど当然不可能である。

故に——上げた右足、崩れた左足、空振りした右腕、すでに存在しない左腕。

この一瞬、サイクロプスは四肢全てのコントロールを失い、さらに全身のバランスまで失った——まさに死に体という状態に陥った。

その一瞬についてはこう表現する他ない。

つまり————千載一遇。

「眼だッ!!」

魔眼の圧力から解放され、水に呑まれた継人は、水面から顔を出すなり開口一番、血反吐《ちへど》とともに叫んだ。

たった一言。僅かでも時間が惜しいと発した言葉はあまりにシンプルだったが、彼女にとってはそれで充分だった。むしろシンプルだからこそ良かった。

ルーリエは倒れ込もうとしているサイクロプスの股ぐらに飛び乗ると、継人の指示した場所目掛けて巨人の胴体の上を駆け抜ける。

サイクロプスも己の危機を理解していたが、手も足も体も制御を失っているこの一瞬だけは、ルーリエを見ていることしかできなかった。そして――

――見ることができるなら魔眼使いにとっては充分だった。

サイクロプスは即座に【魔力操作】を開始し――

ぞくり、と全身に悪寒が走った。

「俺を無視するなよ」

その声はやけに明瞭にサイクロプスの耳朶《じだ》を打ち、継人の濁った黒い眼が送ってくる不快感とともにサイクロプスの精神を揺さぶった。

精神が乱れるのと同時に、彼の【魔力操作】も僅かに乱れた。

そして、その僅かの間が完全に命取りとなった。

ずぶり、とスコップの尖端が、サイクロプスの単眼を支える眼窩《がんか》に入り込んだ。

全身を駆け巡る継人の魔眼の不快感と、己のもっとも大事な部位に無粋に触れる鉄の感触。

あまりの悍ましさにサイクロプスは息もできない。

「むううううううううう」

だが、まだ。

その一撃は突き立てただけでは終わらない。

なぜならスコップは『突く』道具ではなく、『掘る』道具だからだ。

ルーリエは持ちうる全ての力と『力漲るアイアンスコップ』のスキル【剛力Lv１】の効果も合わせて、サイクロプスの眼窩に収まる単眼を――

「――ぅああっ‼」

掘り返した。

巨人の、モンスターの、サイクロプスの、正真正銘怪物であるそいつの眼球が――宙を舞った。

まるでバスケットボールのように飛んだ眼球は、ゴールではなく、継人の眼前にボチャリと落ちると、水面にぷかりと浮かんだ。

サイクロプスというモンスターにとって、眼球とはただの視覚器官ではない。サイクロプスの頭部の大半を占める単眼は、頭蓋骨内部では脳と直接結びついており、それはもはや眼球ではなく、脳の一部と定義したほうが適切な器官だった。

そして、脳を掘り返されて生きていられる生物などいない。

派手な水飛沫を立てて、サイクロプスは水面に倒れ、そのままだらりと弛緩《しかん》した体が水中に沈んでいく。

サイクロプスの上に立っていたルーリエまで一緒に沈んでいき焦る継人だったが、彼女はすぐに浮かび上がってくると、継人のほうへパシャパシャと泳ぎ出した。

（終わった………のか？）

なんとなく現実感の湧かない継人は、目の前に浮かぶサイクロプスの眼球に手を伸ばし――

（あれ？）

手がうまく動かなかった。
なぜだ、と首を傾げようとしてそれにも失敗する。
そして、全身を唐突に寒気が襲った。
(……ああ、なるほど)
継人はすぐに理解した。
なにせ二回目なのだ。
(今度こそ駄目……だよな)
継人の周りの水面は真っ赤に染まっている。
いつか見た自分の血だまりの再現だ。
今回のそれは前回にも増して助かりそうには見えない。
(でもまあ、今回はそれほど悪い気分でもないな……)
ルーリエがこちらに泳いでくる姿に目をやる。
犬かきしている小動物のような姿に思わず笑みがこぼれた。
(ただ……もうちょっとだけ……あと少しだけ)
視界が白く染まり始める。
泳ぐルーリエの姿がどんどんぼやけていき――
(…………ルーリエと冒険者やりたかったなぁ)
継人の意識が光に包まれるように――

――消えた。

『経験値が一定量に達しました』
『Lv16からLv24に上昇しました』
『特定因子の結合に成功しました』
『称号【魔眼王】を取得しました』
『【魔眼王】の効果により一部経験値が最適化されました』
『【魔眼王】の効果により一部種族制限が解除されました』
『ユニークスキル【真理の魔眼Lv1】を取得しました』
『ユニークスキル【重圧の魔眼Lv1】を取得しました』
『【呪殺の魔眼Lv1】が【呪殺の魔眼Lv2】に上昇しました』
『【魔力感知Lv1】が【魔力感知Lv2】に上昇しました』
『【魔力操作Lv1】が【魔力操作Lv2】に上昇しました』

エピローグ

果てもない闇が続く空間に、今は光が溢れていた。

まるで満天の星空に飛び込んだかのように、上も、下も、右も、左も、見渡す限りの場所から光の粒子が立ちのぼっている。

幻想的で美しく、しかし、どこか作り物めいて見える景色の中で、ただ黙々と歩を刻む。

光の粒子を掻き分けるように、一歩、また一歩と。

熱心に足を動かしているが、別にどこかを目指しているわけじゃない。

ただなんとなく、気がついたときには歩いていたから、そのまま歩き続けているだけだ。

どれだけの時間、歩いているのかは自分でも分からない。

永遠のように長く歩いている気もするし、まだ歩き始めたばかりのような気もする。

時間も目的も何もかも曖昧なまま、黙々と飽きもせずに歩いていると、ふと、そうした覚えもないのに、いつの間にか足を止めていたことに気づいた。

理由が分からず首をひねっていると、いつからそこにいたのか、目の前に、見覚えのある真っ黒い巨人が立っていた。

巨人は、顔の真ん中にポッカリ空いた空洞を、恨めしげにこちらに向けていた。

「なんだよ」

思わず声をかけたが、そいつは何も答えることはない。

ただジッと、ポッカリと空いた暗闇を向けてくるだけだ。

しばらくそんな調子で見つめ合っていたが、やがて巨人はフイッと顔を背けると、こちらに背を向けて、そのまま立ち去っていく。

どこに――と思っていると、立ち去る巨人は光の粒子に呑まれるように消えていき、そのまばゆさに一瞬目が眩《くら》んだ。

視界が戻ったときには、巨人の姿はすでになく、周囲を満たしていた光の粒子も、役目を終えたかのように、どこか一方に向かって流れ始めた。

常闇の中を、上でもなく、下でもなく、右でもなく、左でもない。そんな、どちらでもない場所に向かって、光は渦を巻きながら流れ込んでいく。

――世界とは、先ではなく奥に続いている。

昔読んだ本に、そんなことが書いてあったのを思い出した。

だったら、この光が流れ込んでいるのが、その奥なのだろうか。

流星群が形作る渦を見つめながら、そんなことを思った。

あの渦の奥には何があるのだろう。

気になったまま、そこを覗き込もうと眼を凝らし、
そして――

奥にいたナニカと眼が合った気がした。

――――

――――

――――

……

ぼんやりとまぶたが開いた。

何か夢を見ていたような気がするが、いまいち思い出せない。

なんとなく、思い出せそうで思い出せない感じがスッキリしないが、夢なんてそんなものかもしれない。

それよりここはどこだろう。

視線を巡らせて確認できるのは、雑多。そういうしかない部屋だった。

というか部屋……なのか？

まあ、これを部屋と呼ぶとしてもゴミ屋敷《やしき》の類いだろう。

「ようやっと起きたかい」

俺が寝ぼけまなこで周囲を探っていると、部屋の扉が開き、声をかけられた。

声の主は見知った人物。魔道具屋の主人アガーテ婆さんだ。

なるほど、ここは婆さんの店らしい。言われてみれば、この汚さは見覚えがある。

「起きたならさっさと帰りな。もうとっくに閉店時間は過ぎてるよ」

そう言いながら、婆さんは俺が寝ていたベッドの横に、椅子を引いて座った。

「……怪我人には優しくしろよ」

「なにが怪我人だ。怪我はとうに治ってるだろう。あんたはただの寝坊助だよ」

言われて左腕を見る。

左腕はサイクロプスにへし折られたはずだが、その形跡はない。普通に動くし、痛みもない。他の傷も同様。満身創痍だったはずだが、今は快調と言ってもいい。体が少しだけ重いが、それは怪我や体調のせいじゃないことは分かっている。

「そもそも、俺はなんでここにいる？　……つーか、なんで生きてる」

「その子に感謝するんだね。あたしは直接見たわけじゃないけど、その子がすぐにポーションを使わなかったら、あんたは今ごろこの世にいないって話さ」

ポーション？　ああ、そういえば一つ使わずに残しておいたのだった。

あれのおかげで助かったのか。

「ルーリエが俺をここまで？」

「いんや、あんたを担いで来たのはラエルの坊やだよ。話もあの子から聞いた」

ラエル？　ああ、ドライフルーツの露店商か。

わざわざ担いできてくれたのか。相変わらずお人よし極めてるな。

「聞くところによると、あんたたち『魔鉱窟』を攻略したらしいじゃないか」

「落とし穴から上がってきただけなのを攻略って言うんなら、そうかもな」

「『魔鉱窟』は今までボスモンスター自体発見されてなかったからね。それを未踏破区域で見つけて倒したっていうなら、それはもう攻略さ。今ごろ冒険者ギルドも騒ぎになってるだろうね」

なるほど、確かに言われてみれば、そういうことになるのかもしれない。

てことは、俺とルーリエは今まで誰も攻略したことのないダンジョンを、一番に攻略したってことか。

なんか感慨深い気もするが、それよりも、

「……それって面倒事になったりしないよな？」

「あんたの言う面倒事ってのが何を指してるのかは分からないけど、あんたの周りで騒ぎが起きるって意味で言ってるんなら——そりゃあ、なるだろうね」

マジかよ、面倒くせえな。

今、俺の眉間にはシワが寄りまくっているに違いない。

「……俺らが攻略したなんて黙ってりゃ分からないだろ。証拠もないし」

「あんたたちは夕方の混み合ってる時間に、ダンジョンの入口に転移してきたらしいから、目撃者は腐るほどいるだろうさ。それ以前に——」

婆さんがジッと俺の顔を見る。

「……なんだよ」

「気づいてないのかい？」

「なにがだよ」

「あんたの名前だよ。ネームウィンドウ見てごらん」

は？　名前？　名前がなんだって——

名前：【魔眼王】継人
職業：Fランク冒険者

「――――は？　……魔眼王？　なんだこれ……」

「それは『称号』だよ」

称号？　称号とは、あの地位や名誉なんかを表す、あれのことだろうか？

「まあ、なんて言うのかね。世界に与えられたスキルなんて言われたりするけど、実際にそれがなんなのかは神のみぞ知るってところだね。ただ一つ言えることは、称号ってのはとてつもなく強力なスキルで、それを持つ奴は稀だってことさ」

「…………めずらしいスキルってことか。それがあったらなんかマズイのか？」

「普通ほしくても手に入るものじゃない。称号持ちの冒険者なんて超一流どころの中でも、さらにごく一部だけ。つまり、ダンジョン攻略云々より遙かに目立つってことさ。降って湧く面倒事なんてそれこそ星の数だよ。称号はネームウィンドウに強制的に表示されるから隠しようもないしね」

なんだそれは。強力なスキルとか言われて一瞬喜んだが、まるっきり罰ゲーム同然だ。

だいたい強制表示ってどういうことなのか。こんなものが名前の横にくっついていたら、俺が魔眼使いだってバレバレになる。なんで奥の手さらしながら歩かなきゃならないんだ。

駄目だ、頭痛がしてきた。思わず頭を抱えそうになる。

「……タグ無しを貫けばなんとかなるんじゃないか？」

「あんた一人だけなら好きにしなって言うところなんだけどねえ……」

「俺一人なら？　どういう意味だよ？」

婆さんが俺の胸を指差す。

そこにはルーリエが、ひしっとしがみつき、すぴぷー、と呑気な寝息を立てていた。

つーか、さっきから重いんだよ。こいつはなんで俺の上で寝てるんだ。……て、マジか。こいつ人の上に涎垂《よだれ》らしまくってやがる……！

「……ルーリエがどうしたって？」

「察しの悪い小僧だね。ネームウィンドウだよ。見てみな」

「は？　おいおい、まさか冗談だろ……？」

名前：【スコッパー】ルーリエ
職業：借金奴隷『レーゼハイマ』所有

……………まさか、これも称号なのか？

ルーリエにも称号が……。

いや、にしても、これは……。

「――ふっ、ふは、ははは」

「笑い事じゃないよ」

「いや、笑うだろ。なんだよスコッパーって」

スコッパーっていうのはあれか。スコップ使いということなのだろうか。

称号が世界から与えられたものだというのなら、いったい、世界って奴は何を考えているのか。

いや、ピッタリだけどな。こいつはなぜかスコップが好きみたいだし。俺がスコッパーじゃなくて良かった、と心底思っていることはこの際置いておいても、ルーリエならきっと喜ぶに違いない。

本当にこいつを見ていると細々としたことで悩むのが馬鹿らしくなってくる。

いや、そうか。そうだな。はじめから悩む必要などないのだ。俺はもう、あのとき、ルーリエと共に冒険者をすると決めたときに、すでに答えを出している。

「ハァ、まあいいさ、あたしゃ関係ないしね。あんたたちのことはあんたたちが考えればいい。

……あとうちは宿屋じゃないんだからね。その子が目を覚ましたら、とっとと帰るんだよ」

いつまでも笑っていた俺に呆れたのか、婆さんはため息をつきながら、部屋から出ていった。

「クックックッ」

まあ確かに、このあと色々面倒事が待っているんだろう。

命からがら生き残ったばかりだというのに、忙しないことこの上ない。

なぜこの世界に来たのか。帰ることができるのか。何も分からないというのに世界は待ってくれる様子もない。

この調子で、きっとこれからも困難に見舞われ、今回のように死にそうな目にもまた遭うのかもしれない。

だが――

眠りこけるルーリエの頭を撫でる。

相変わらず、ふわふわで柔らかい髪だ。

「それがどうしたってんだ」

俺はもう譲らないと、媚びないと、立ち向かうと、そう決めたのだ。

たとえ、それがどれほど困難な道だったとしても、まっすぐ進むと。

この小さな相棒と一緒なら、そんな無茶な道だって切り開いて――いや、掘り進めていけそうな気がする。

なにせこいつは世界に認められた【スコッパー】なのだ。

穴を掘らせたら右に出る者はいないに違いない。

もし、それを邪魔する奴がいたら俺の出番だ。

この【魔眼王】が睨みつけて黙らせてやるさ。

「それでも足りなきゃ、もっと強くなればいいだけだろ」

すぴぷー、と呑気に響く寝息に耳を傾けながら、つられて自分のまぶたが再び落ちるまでの間、これからのことを思い、ふわふわの髪をずっと撫で続けていた。

人間のもっとも偉大な才能は弱さである。
我々の進歩は常に弱者の小さな反逆によって刻まれてきた。
ただし、それはすべからく失ってしまうものでもある。
その前になんとしてでも我らの一歩をその場所に刻まなければならない。

橘央弘　著　『栄華の終わり』より一部抜粋。

現在のステータス

名前：【魔眼王】継人
種族：人間族
性別：男
年齢：17
Lv：24
状態：

HP：756／756
MP：740／740（＋《プラス》34）（＋《プラス》10）
筋力：36
敏捷：34
知力：31
精神：37

スキル
【体術Lv3】【投擲術Lv2】【食いしばりLv1】【魔力感知Lv2】【魔力操作Lv2】【言語Lv4】【算術Lv3】【極限集中Lv1】【毒耐性Lv1】

ユニークスキル
【呪殺の魔眼Lv2】【真理の魔眼Lv1】【重圧の魔眼Lv1】

装備：達人の鋼鉄のナイフ＋《プラス》1【見切りLv2】
：ステータスタグ【アカウントLv1】【システムログLv1】

名前：【スコッパー】ルーリエ
種族：羊人族
性別：女
年齢：9
Lv：20
状態：

HP：682／682
MP：586／586（＋《プラス》34）（＋《プラス》99）（＋《プラス》10）
筋力：29
敏捷：35
知力：15
精神：37

スキル
【羊毛Lv2】【聴覚探知Lv3】【無心Lv1】【解体Lv2】【掘削Lv3】【魔力感知Lv1】
【魔力操作Lv2】【言語Lv2】【算術Lv1】【料理Lv1】

ユニークスキル
【スコップ術Lv1】

装備：力漲るアイアンスコップ＋《プラス》1【剛力Lv2】
：宝物庫の金貨の指輪＋《プラス》2【アイテムボックスLv3】
：ステータスタグ【アカウントLv1】【システムログLv1】

丁々発止（ちょうちょうはっし）

兵庫県神戸市出身。暇潰しのネタがないかとネットを彷徨っているうちに、たまたま「小説家になろう」のサイトにたどり着き、以降ドップリ嵌る。長らく読み専だったが、自分好みの作品を待つよりも自分で書いたほうが早いのではないかと思い立ち、筆をとる。本作がデビュー作。

レジェンドノベルス
LEGEND NOVELS

幼《よう》女《じょ》とスコップと魔《ま》眼《がん》王《おう》 1

2019年6月5日　第1刷発行

［著者］　丁々《ちょうちょう》発《はっ》止《し》
［装画］　chibi《ちび》
［装幀］　ムシカゴグラフィクス

［発行者］　渡瀬昌彦
［発行所］　株式会社 講談社
〒112-8001 東京都文京区音羽2-12-21
電話　［出版］03-5395-3433
［販売］03-5395-5817
［業務］03-5395-3615

［本文データ制作］　講談社デジタル製作
［印刷所］　豊国印刷 株式会社
［製本所］　株式会社 若林製本工場

N.D.C.913 317p 20cm ISBN 978-4-06-515227-0

レジェンドノベルス
LEGEND
NOVELS